U0928606

人生海海 素履之往

云鲸航 著

中国友谊出版公司

图书在版编目（CIP）数据

人生海海，素履之往 / 云鲸航著. — 北京 ：中国友谊出版公司，2019.12（2021.12重印）
ISBN 978-7-5057-4852-1

Ⅰ. ①人… Ⅱ. ①云… Ⅲ. ①散文集—中国—当代 Ⅳ. ①I267

中国版本图书馆CIP数据核字(2019)第224304号

书名　**人生海海，素履之往**
作者　云鲸航
出版　中国友谊出版公司
发行　中国友谊出版公司
经销　新华书店
印刷　唐山富达印务有限公司
规格　880×1230毫米　32开
　　　8.75印张　152千字
版次　2020年2月第1版
印次　2021年12月第9次印刷
书号　ISBN 978-7-5057-4852-1
定价　39.80元
地址　北京市朝阳区西坝河南里17号楼
邮编　100028
电话　（010）64678009

献给这世间亲爱的旅人

序言
勇敢点，你会走到更远的世界

我从八岁时就懂得一个道理，爬到越高的地方自己才能见到更大的世界。

那天晚饭过后，在我哥的带领下，我努力地想爬上后院的槐树，然后再跳到屋顶上看月亮。我哥人精瘦，身手敏捷，瞬间便由树上跃至屋顶，我呢，还紧紧抱着槐树的枝干，腿脚哆嗦，不敢动弹。

夏夜的明月升上来了，哥哥的眼前没有任何遮挡物，清澈皎洁的月光像溪水一样滤过他的全身，他像是住在月亮上的男孩，有月亮光洁的色泽。而我这边，横七竖八的枝条投射在自己身上，黑暗夺走了我身体一半的领地，我无法将一切看得分明，也无法望见辽阔的景色。我羡慕我哥，那时，他让我明白做一个勇敢的人所获得的世界，是那样广阔，又那样明亮。

十七岁的偶然一天，我在学校的一面白墙边发呆，口影西斜，每个时刻，影子在上面挪动的位置我都清清楚楚。我太熟悉自己身边的一切了，昨天仿佛就跟今天一样，而未来呢，也和此刻没有多少差别，我太害怕停在原地的感觉了。当时非常想勇敢一些，从命运的一根枝椏跳到另一根上，身无所系地离开故乡，到世界的任何一个地方去看看。

所以在高考填报志愿的时候，我不顾父亲那一张绷得铁青的脸，而选择离家三千多公里的外省上大学。收到录取通知书的那天，父亲站在门边，问我："真想好了？要去吗？"我坚定地点点头，目光已经伸往远方。那晚的暮色落下得快，父亲背过身去，一个世纪似乎也跟着老了。

哥哥先我离开家去部队当兵，逢年过节都回不了一趟家门。父母便希望我能留在省内读大学，不时就能回来看看他们。我再走的话，他们心里就空落落的了。但那时没有什么可以阻挡我，真的，我像着了魔一样要去远方看看世界。

火车开出福州站后加快了速度，如风一般呼啸往前，我的十九岁就在这风中飘荡着。我兴奋地坐在车窗边，眼前的平原已变成山地，丘陵如同巨人俯瞰着渺小的我，暮色中，它们面目崇高严肃，可我已经不再是孩童，当然不怕，也能好好瞧着它们了。接着，火车开始在一个又一个的山洞里穿梭，我仿佛坐在一条大鱼的腹中穿过暗中的海，一切都如此辽阔，没有边际，咣当的声响如海涛阵阵，有风吹来，手心微凉，便像触摸到海边的水汽。我从未感受过这些，眼中又泛出幼童天真的光芒。

大学时，我认识一个东北的朋友，叫老哈，人其实不老，跟我年纪一样，但他喜欢装老，经常穿一身复古范儿套装，也不知道是从哪儿学来的毛病。老哈很有本事，从小就喜欢偷偷开他爸的车，一年满十八，就轻轻松松拿到驾照，没事就载朋友四处兜风。有一年冬天，他胆子大，敢在冰天雪地里开车，载着我去抚远乌苏镇，我们一下车呼出的气瞬间成了一股白烟散去。身边的年轻人不少，每个人都热血无畏地在冷风吹刮的小街上游荡，一步一蹒跚，慢慢走，似乎做什么都不用着急。

老哈也不怕滑倒，穿着厚实的衣服跑到前方一块石碑前，招呼我过去。等我走近，才知道他激动的原因，是走到了界碑前。“潘，你知道江对面是哪里吗？”他问。我摇摇头。老哈瞬间得意起来，跟我说：“是俄罗斯远东最大的城市——哈巴罗夫斯克，你都不知道吧，自己现在正站在国境线上呢！”我被他一提醒，也欣喜不已，眯着眼睛望着乌苏里江对面的风景，努力想在大雪覆盖的对岸找寻特别的景致。“你是不是傻，这大雪天里隔着老远，看不清的，别费力了。”他继续说，“我每回来这里，就特开心，知道为什么吗？因为如果把国家当成一个世界的话，我们现在就走到世界尽头了。”

我一边听老哈说着，一边用钦羡的目光凝视他那张已被冻得通红却仍绽放出笑容的脸，要知道，不勇敢的人可到不了这么远的地方。老哈身上仿佛有永远都使不完的力气，拥抱着这个世界。

后来我常在山城嘉陵江边发呆，身旁友人渐少，往往只有一个叫孤独的朋友坐在我身旁，陪我看黄昏里的鹭鸶贴着江面飞行，翅膀拍击江水，溅起小小的水花，它从来不说话，却仿佛始终明白我心中的世界。那一年硕士毕业，不明情况，便无知无畏来到一所独立学院教书，与公立院校不同的管理体制以及生源，常让我手足无措，也耗损大量精力，从那年开始，晚上很少超过 11 点睡觉的我频繁熬夜，脸色变得暗沉，早起时床边掉落的头发一抓一大把。

两年后的一天夜里，我凝视镜子里那个眼白上血丝条条毕现的自己，再无少年时的模样，我大吼一声，蹲坐在潮湿的地板上，跟自己说：“这不是我想要的世界，我不过这样的生活了！”那夜的嘶喊声一直在我耳朵回荡，我下决心，不管怎样都要离开这里。

次年春天，一次部门散会后，身旁的同事跟我说：“领导蛮想你出国去交流，学学外国的创意写作经验，到时你回来学院肯定会委以重任。”我悄悄递给她一份文件，大号粗体字的标题映入她的眼帘，她惊讶看着我，说："你想好了吗？这里这么稳定，很多人可都想来呢，你就这么放弃了？"我知道同事规劝的好意，而我跟她说的是："我打算考博，继续读些书，我要坚持去过自己想要的生活，那是我的世界。"她似乎想继续说些什么，但最后嘴边顿了一下，只说一句："佩服你，真有勇气。"我是一个很少会被人夸勇敢的人。那一刻，我笑着跟同事说了声谢谢。

简单收拾好物品离开学校的那天，我没有回头，我清楚自己做的决定会带来什么样的结果。这样的感觉，就像电影《时尚女魔头》中安妮·海瑟薇饰演的安娜辞职走出时尚杂志大楼时看到的世界一样，在璀璨的日光底下她恢复了往日少女迷人的笑靥。

奋力备考，迎难而上，在南方的城市间兜转，也足足花了一个月去准备能够证明自己实力的材料，我像个推销员努力要将自己售出。气喘吁吁的过程在飞机降落于故乡机场的一刻才告一段落。

回家的一整个月，我没做父亲眼中认为的什么正事，只待在房间里看书，以及捡起从前放下的水彩画了几张，发现自己无法再像年幼时那样得心应手，我憎恨时间，但它似乎一点都不在意谁的恨意。

从小到大在考试这方面，父亲对我是有信心的，但这次他很焦虑。每天除了唤我下楼吃饭，他就在院子里绕着自己养了三四年的山茶踱步，总希望看见花多开些，等来等去也无多少变化。偶尔他也想找我说说话，但父子之间古来有之的关系，使他无法如母亲那样关怀我，时常便演变为我跟他之间沉默的对峙。

还好，后来结果并不差，凭着一回少有的好运气，我拿到了心仪院校的博士录取通知书。曾想过要为此大哭一场，像被剧场的镁光灯照亮的一刻，一个悲情的演员就该竭力表演解脱后回顾难捱心路的模样，但许多事原来是可以如此平静度过的，像站在秋日的海边，只是知道自己的疆域又开始有了新的边界。

在我飞离大陆的前夜，多年不曾联系的老哈突然给我发来语音，说他大学毕业后被家人安排进一家银行做文秘，干了五六年，有了妻儿，没胆再开车到雪天的边境线上了。他顺道问我“博人一笑”的“博”字如何写。我答道，是博士的“博”。接着，我告诉他自己离职了去读博的事情。老哈在语音里笑得很大声，然后吸了下鼻子，叹口气，跟我说：“没想到这么多年过去，当时死活赖在岸上、不敢下来跟我在冰面上走的人，现在可真有本事啊！”我一边听着他说，一边也为往日自己胆小的样子莞尔一笑。我发觉老哈的声音已变得沙哑、浑浊，再也无法跟过去那个意气风发的少年联系起来，老哈这下真老了。

时间是一双既温柔又粗粝的手，将世间万物悄悄塑造。

此刻，我正和朋友陆生往文学院的山顶攀登，据说在那里，可以望见高雄市的面貌以及外围海峡广阔的洋面。上山的路不好走，那是一条长而又长的斜坡，有些路面陡峭得近乎直壁，偶尔踩落一些石子，它们就像硬币掉入海中，听不到回声。

朋友在岩壁一侧，喊着我："别往下看，勇敢点，跳过来！"八岁时，我也听过这句话，当时我哥从树上跃到屋檐上，转身就对我喊道。那时的我，手脚瑟缩着，放不开，被恐惧牢牢钉在了树上，想哭，对他说："哥，我怕……"

现在呢，走过了那么多凶险未卜的路途，度过了那么多孤助无援的时刻，还怕吗？我从一块岩石上跃起，风呼呼地从山顶灌下来，迎着它们，我跳到了朋友身旁。"你做到了！"朋友竖着拇指，高兴地对我说道。

我突然想起曾经那个抱着槐树往上攀爬的少年，如果他再往前跳一步，如玉的月光也能拥向他了，他就会站在屋顶上像哥哥一样看见更大的世界。这一切就像命运奇妙的交叠。

成为一个勇敢的人并不容易，或许要用上一生的时间才能做到。在这过程中，每个人都在以自己的姿态成长着。

我从不害怕去探寻这个世界的边界，我真正害怕的是世界就停在自己脚下，这是我从十七岁时就想逃脱的处境。而写作这件事，对我来说，也是如此，我相信时间能给予自己信心和可能。生命的单纯在于坚持的勇气与深情，慢慢来，始终觉得只要在走，自己就有世界。

站在山顶往城市的边缘望去，引力如同命运，牵引着这片蔚蓝色的海水起起落落。空中浮云消散又聚拢，白昼星辰暗淡又在深夜闪烁，我知道人生的旅程又该开始了，岛屿之外有一个新的世界在等我。

人生海海，素履之往。

愿我写下的这些文字，能点亮你每一次出发的清晨和每一个归来的夜晚，在风声与烟花中，持勇敢之心路过世界，路过时间。

云鲸航　于中大文学院

目 录

C O N T E N T S

第一辑 人生如寄

第二辑 烟花渡口

第三辑 不曾离开

第四辑 生命尺素

第一辑
人生如寄

远方的路

工作以后，我就像飞行疲惫的昆虫陷入生活的蛛网当中。

一天夜里，我突然惊醒，起身检查白天上班时部门需要的材料，生怕有所闪失，此后便再也无法入睡。独自站在深夜的阳台上，先是沉默，之后没忍住，哭了起来。

在模糊的泪光中，瞥见远方被路灯照亮的路，空荡荡的，像一个老友等候着我。我旋即离开了空间狭小的寓所，忘记自己已经不再年轻的身体，丢开身后的一切，只像个孩子似的向着那条路跑去。

久违的清风与带着露水的空气，是一双双手，在抚摸我，拥抱我。我迎着它们，逐渐闭合的内心又一次敞开了，像近乎窒息的人大口大口吸着氧气。

远方的路在召唤着我，每一阵风都是它的呼唤，叫我暂时离开既定的生活，把过往压成一张薄纸，夹进某本书里，然后去往别处自由自在地生活一段时间。

之后，旅行给我提供了一个出口，让我疲乏的身心重新得到呼吸。

在一程又一程的路途中，在一处又一处的风景里，在与一个又一个陌生人的交谈间，面对旅馆中的小床和淌进窗子的月光，我交出过去，交出秘密，交出沉重的肉身，换回自己清澈的灵魂。

在兰屿凌晨四点醒来，看到窗外白昼比我还早清醒，它将大把的光铺到海上，泛起粼粼波光，像成千上万的鱼跃出洋面又迅即潜进水中。一瞬间，自己竟有了错觉，似乎这已用尽了我此生所有的光，所有暗处的影子都悄然无踪。

从白沙湾坐公车去富贵角看灯塔。左边是蔚蓝的海面，右边是连绵的山峦。山羊在吃草，浓郁的青草香被午后的风带进车窗里，感觉是时间的味道。一路上不见人间烟火，觉得昨日已是遥远的存在，世界的尽头仿佛即刻将至。

去吴哥窟看微笑的佛，被石像温柔祥和的笑容深深地打动，内心忽有莲花绽开，一双久经尘世磨砺的手搭在我的肩上。那样轻，没有爱恨，没有一丝关乎生死的重量。无尽岁月，苍茫风霜，也只成为肩头一缕流经的清风，世事短若一梦。

坐绿皮火车去武隆，抵达的时候，也不急着出站，我喜欢蹲在站台上，看着人群扛着大包小包挤上车厢。想起第一次赶火车的情景，我和父亲在人山人海中失散，在火车将开的前两分钟，他跑到我在的车厢外面。我们隔着厚厚的玻璃窗，挥了挥手，彼此口中那一句简短的再见都没亲耳听见。

在一趟趟的远途中，我曾见过许多印着地名的站牌，它们提醒着我一个又一个的远方正与自己相逢，但又刹那间需做告别。我们总在沿途欣赏、沉睡、吃喝，在舍得、舍不得间迟疑、周旋、走走停停，一条条道路都模拟着人生的路径。

结束了这些释放自我的旅程，回来后，生活仍如过去一样面不改色，但我的心却在路上得到了锻造。面对与过往相像而困倦的日子，我不会“缴枪投降”。时刻自知生命的意义并不在于通过折腾、透支年轻的躯体，来寻得未来凭借物质、权利垒砌的安全感，而是洞悉世间路径，寻找到一条让内心踏实、宁静、格局广阔的路途，在路上与纯粹的自己重逢。

在繁忙的工作之余，我开始利用碎片似的时间出门看世界，涉足的虽不是远方的路，但心是通到远方的。

在多风的下午，去慰问公园里的花草；走陌生的街道，拓展一座城市在内心的版图；躲进一间书店，在众多古书中远足，寻觅亭台楼榭、才子佳人；日暮时分，前往码头，买两三条模样较丧的鱼，转头放归江湖，让它们带上一个个微小的我游向远方，于是在一个短暂的片刻，自己身上所负载的疲惫、屈辱、过往都一一消失。

去往邻近的山丘，绕过曲折漫长的盘山路，直至山巅。中途有过的疲乏、放弃、汗水抑或眼泪，都会在看见山脚寺庙飘出袅袅烟气后得到解脱。有时也听到钟声在天地间回旋，召唤着晚归的鸟群，它们从天际轻缓飞来，斜进林中。

这样能够眼观、谛听的安静，跟随傍晚日落后山间腾起的水雾，扑进我的皮囊。我像颗瞬间水分充足而显饱满的果实，再无往日的彷徨、颓靡、憋屈。仿佛近来所有不愿回想的遭际都不值一提，顷刻间化作尘埃，落下便不再起身。这是神圣的时刻，未来无论自己走向哪里，这深埋在心中美的种子都会萌发枝叶，净化喧哗的人间。

毕淑敏曾说："你必得一个人和日月星辰对话，和江河湖海晤谈，和每一棵树握手，和每一株草耳鬓厮磨，你才会顿悟宇宙之大、生命之微、时间之贵、死亡之近。"

出发，在路上，在这段由足下汇溪成河的过程中，一个人品尝被全世界抛弃的孤寂，是一种被真实包裹的感觉。植物的清香、明亮的长窗、滴雨的屋檐、灯火阑珊但不孤楚的街道、寡言但爱笑的路人，都织起了旅途的长卷。人在其间漫步，也像是走在自己心上。

现实与生活给予我们太多的泪水与不安。我对自己说，不要再来了，这些疼痛、虚无、捕风捉影的日子，这些炽热灼人的生活，就让所有的苦恼、懊悔、困顿都随时间升涨起来的潮水，返回遥远的海域。我的耳畔荡起的只是土耳其旧时民谣的微波：“在远方的鼓声呼唤下，我踏上漫长的旅途，裹起一件旧大衣，把一切留在身后。”

春来草绿，入夏荷香，秋起叶红，冬临雪飘。人生近似一场徒步的旅行，在一条条通往远方的路上找到归家的方向，在一次次出发与抵达间寻回内心的秩序。

无涯的时间流淌而去，我的脸上还留有当初的笑，走得越远，越觉得安心。

历历万乡

十五岁未到城里读高中前，我还是一个乡村少年。

那时我和村中大多数孩子打扮相近，穿着简单，短头发，样子虽土，但快乐。

我们平日除了学习，便是在山间地头晃悠，打闹。有时摘桑葚，碰到未熟透的，咬一口，眼睛被酸得立马眯起来。有时闻到桂花香，就爬到树上折下几枝花束，抱回去插瓶，用清水养，房中飘满清甜的香气。

也常去山上寺庙游玩。寺中僧客很少，曲径通幽，我顺着小道走去，有时见数百岁老树苍苍如亭盖，有时见清风徐来松涛阵阵。禅房雅致，房前花木扶疏。阳光照在木窗上，偶有风途经，那窗户上仿佛有一段一段的光阴在浮动。

春天时乡村最为闹腾，燕子们一整天都叽叽喳喳。没事做时，我会静下心来听一两只燕子啼鸣，感觉整个人一天都很快乐。

后来我离开了故乡，远离县城，去过首都北京、魔都上海、陪都重庆……一座又一座的城市在我人生的手札上盖下章印，仿佛是一个个脚印，以出生的地方为坐标向着未来匆匆奔去，当我回头的瞬间，发现自己已经走了好远好远。

在北京漂过一段时间，睡过网吧里冰凉而发霉的沙发，买过超市里即将到期的特价商品，穿过鞋面满是尘埃鞋底即将开裂的鞋靴。有一回在朋友家过夜，认真看了一眼窗外的北京。马路很宽，车流不息，夜里车灯一个接着一个，像发光的长龙，从未断过。写字楼透明玻璃内的电梯上上下下。任何建筑看起来都像是一个个抽屉，大的包含小的，小的里头还有更小的。每栋楼都在争着比高，仿佛矮对方一头就有失身份。

我关了灯，外面倒成了房间，而我在的屋内黑漆漆的。家具在睡着，浴缸在睡着，电话在睡着，从没打开的电视机睡得更深了。我没有睡着。这座城市没有人会在意我的失眠。人们都在马不停蹄地前行，马不停蹄地遗忘。

也在上海混过短短几周，终究因为自身粗糙，无法融入这座精致的城市而离开。

我喜欢上海街道两旁的法国梧桐和二十四小时便利店。有几次夜里我和友人走在马路上，看着路灯下的梧桐落着柔美的黄晕，像旧时光层层叠叠的亲吻，安抚着苦闷的心。

黄浦江边，东方明珠塔带着一身繁华，在众多闪光灯捕捉下静静矗立，像一个高贵的主人，像一张不太真实的照片。我开始怀疑自己做出的决定。一个人茫然站在江边摸着冬夜里发冷的栏杆，想起那阵子不尽人意的生活和看够的脸色，鼻子酸酸的。冷空气中有黄浦江的味道，腥腥的，被风吹往四处。我明白自己始终只是一个过客。

后来我到重庆工作。一年四季，这里的人们都在吃火锅，深夜也可以闻到空气中飘来的麻辣香味。我常常走到楼顶天台，注视这座地势奇特的城市，阑珊的灯火，如同夜的眼睛在与我对望。突然觉得自己内心异常安宁。江湖夜雨十年灯，仿佛自己的一生都可以如此恬静地度过。

但我深知，对于重庆，自己仍像个过客。

有一天，从北碚坐轻轨去观音桥西西弗书店。出门时，天阴，朋友问我要不要带伞。我说，不用。自小就是一个不爱撑伞的人。等轻轨开过礼嘉，像换了重天，日光灼灼。我舒了口气。买书回来，坐在返途轻轨上，朋友打来电话，说北碚下雨了，雨势有些大，问我要不要伞，他到时候会在天生站出站口等我。我才知道这座城市原来这么大。

在重庆，城市与乡村靠得很近，常常在一条路的拐口，写字楼、商场、喷泉、路边的巨幅广告都突然消失，眼前换成了稻田、老屋、山寺、燕雀、星月，这让我想起了家。

记得以前每次出远门时，父母亲都会在帮我收拾行李的间隙问我：“确定要去吗，真的准备好了吗？”我总是点点头，笑着对他们说：“当然。”

这时父亲会把头侧向一直在旁边保持沉默的母亲说：“看来他真的是下了决心要去。”母亲淡然的表情有些撑不下去了，我看见她又笑又掉着眼泪，说：“照顾好自己，照顾好自己……”一连重复了好几遍。

少年时我们负笈远行，青年时又为爱情和理想奔波在异乡的路上，到了中年和对象一边工作一边教育孩子，却发现所住的城市已经离年少时的家好远。

我们在这中间历经漂泊，走过一个个异乡，曾经认为不可能再想起再留念再途经的地方，不知不觉间已经在自己心里成了另外一种故乡，并伴着某一夜的风声、雨声，泛起潮涌。

踏遍万水千山总有一地故乡。

人生海海，素履之往

工作以后，发现自己越来越喜欢吃素。

清晨，在窗前吃早餐。把香蕉切碎，放入玻璃杯，从冰箱中取出鲜牛奶，搅拌。旁边面包机丁零零一声响，一切准备就绪，美好的一天从唇边咬下的食物开始。

有时也在早餐过后喝茶，武夷山的正山小种，鹿谷的冻顶乌龙，入口清香，淡雅怡人。呷一口茶，让时间的舌苔只尝到此刻的味道，前尘往事不再记起，身心变得通透起来。

一直以来，我都向往平静而有规律的生活。曾和友人在台北的龟山岛静修，小岛上只有一座寺院，客船一日一个班次。短住两日，早睡早起，清扫庭阶，诵经礼佛，吹熄一豆晚灯。

夜里，月亮巨大，月光洒满厢房，边上的竹林传来细瘦叶子相互抚摸、敲落的声响。远处，海风一阵一阵扑来，融进自己的身体。宇宙万物在某个瞬间达成真正的平等，声息相连，密不可分。

如果一年四季都是夏天那样的温度，我会一直穿白 T 恤，即便有时参加重要活动，也是如此。喜欢偏薄一些的棉质面料，隐约瞧去，有一点透。不喜欢滑溜溜的弹力面料，所以逛街时很少会去运动品牌店挑衣服。好的衣着样式并非以奢华、花哨讨巧，看似简单，却非简陋，而是像白开水一样无味胜有味。

日常喜欢逛无印良品。里面无论服装还是日常小饰物都给人简约、朴素、舒适的感觉。床铺、被褥，色泽自然，质地天然，少有纷繁冗余的设计，这一切都如田中一光在为早期无印良品撰写的广告中所说："饱食铁板烧与鹅肝后，忽而觉得，啊，茶泡饭真好吃，这就是无印良品的感觉。"

看日本电影或电视剧也有这种感觉，主角们的布衣、布包、衬衫、裙子、长裤、平底鞋都很朴素、干净。

我对《小森林》系列电影印象深刻。主人公市子厌倦了大都市的嘈杂喧嚣，重新回到了故乡的小山村，开始在大自然的一年四季里过着自给自足的生活。内心的灯火若是找到了适合它的夜晚，人就容易在这朴素的光源中安定下来，不再颠沛流离。

直到现在，我仍喜欢车马慢的生活，但也不排斥别人热闹的世界，常以一个局外人的姿态旁观。过年时，我坐在家中卧室看书写稿，客厅里围坐着来拜年的邻里亲戚，父母捧上水果糕点，打开电视，一阵嗡嗡的聊天声响，偶尔父亲也与他们喝起酒来，觥筹交错。我听着这份热闹，心里并不厌烦，反而觉得安稳，因为人类都在，我才能在众声喧哗中感知到自己身上的安静。

平日保持跟远方友人通信的习惯。用钢笔在信纸红色竖线之内将几日思绪写下，内心如风平的港口目送船只远行，不着急对方尽快回复。一个月也就写一封，有时直接用小毫写就，字迹拙劣，但享受的便是水墨间书写的恬淡之感。友人对我的字也已熟稔，毫不介意。

或许在许多人眼中，这种方式有些刻意，他们会觉得当下时代网络已连接着众人声息，人与人之间的联络方式异常便捷，何苦如此。

朴素的方式，看上去或许常常显得笨拙，但它们却维系着古往今来的声息，尤其在文化的传承上。不念古，我们便缺失了一面可以观照自我的镜子，无法在这个浮华而苍白的世间笃定前行。

我在宝岛读书时，常去台北的“故宫博物院”，看得最多的是里面珍藏的字画。喜欢明代李士达的《瑞莲图》，简单的构图，素淡的着墨，却仿佛隔着玻璃能闻到清雅的莲香。

池中的荷花、莲叶占幅三分之二，简繁、虚实控制得恰到好处。以墨画石，浓淡相晕，湖石玲珑变幻。画荷叶与叶柄，深茂交融。最迷人的是莲花，以白描法勾画，不着色，使莲更为素净。

留白是古人创作艺术作品时常用的手法。有些字画因为留白，呈现出了新的生命，这种生命常常需要借助观者的想象完成，韵味流深。所以观者要沉潜内心，才能望见艺术作品中的“别有洞天”。

每个人都应该用一颗素心去给自己的生命留白。不要追求太多的满和精彩，它们带给你的多半是愁与虚无。

人生海海，素履之往。追求内心的简单、安稳与真实，这种舒服的感觉只有自己清楚。

多大的锅能煮出适合自己食量的面，多少的物品能将生活的空间利用得刚刚好，每个人都在逐渐与时间达成默契。

带上一颗素心，我们会由衷体会到人是万物的尺度这话的意味。

如果你正年轻，且孤独

那日，厦门倾盆大雨，我和J君在上岛喝咖啡。

话不多的两个人，仿佛各自装在坚固的铁皮罐子里，即便许久未见，碰面时，也从来不会上演电影里热泪盈眶的戏码。

我们喝了几口咖啡，才挤出一两句话，其余时间都不约而同朝着窗外看。

透过沾满雨滴的玻璃，顿觉自己仿佛是站在岸边观海的人。路上的车是海上的船，大大小小的伞都是湿漉漉的花。

J君问："这么多年过去了，你还是一个人？"

我点点头。

"你为什么不摆脱这样的局面？"J君又问。

我答："一个人生活，没有什么不好，为什么要急于摆脱？我喜欢自然而然的状态，不强求，也不愿被逼迫。"

说完，我端起咖啡，同样问 J 君：“那么你呢？”

J 君一时语塞，尴尬地低头，搅拌着咖啡。

我们深知彼此有过的故事，但谁都不愿再提起，只想将过往烟云付诸孩童般的笑声中，看它飘，随它散。

窗外，雨势仍未停息，有人点灯，在很黑的地方，陪孤独说话。

喝完咖啡，离开上岛，在店门口打开伞的刹那，我们要分别，J 君问：“你去过岛上吗？”

我说：“是鼓浪屿吗？”

J 君摇摇头，说了四个字：“海峡对岸。”

我突然意识到自己在这大陆上竟然生活了二十多年，对于一衣带水的海峡东岸，自己只在教科书上有所了解，却从未涉足。它与我竟靠得如此近，又如此远。

世界很大，我想去新的地方看看。

对岸的岛屿仿佛就在这样一个雨天对我发出了呼唤。

于是在随后的日子里，我通过参加学校选派交换生的考试，获得了公费前往对岸学习的机会，一个人收拾起行李，漂洋过海来到宝岛。

很多时候，我们认识一个新的地方、一种新的事物，都会与自己过去熟悉的世界进行对比，而得到新的认知。无论新或旧、残缺或完美，都只是事物在我们眼前展现出的一种特质，并无好坏之分。

我们尊重它们的方式是用心感受。

车过花莲，有青葱少年酣眠，酒窝甜甜。一旁的少女目光不离窗外的海，一只手托腮，一只手按着蓝色行李箱，上面有朵扶桑，红得如同时间点的火。

去金瓜石，山顶风很大，底下的阴阳海颜色绮丽，蓝黄色交织。有几个青年人站成一排，顺着风的方向，往天边呐喊，有回声传过来。我没有记住他们喊了什么，只记得那一张张白皙面颊上的笑，像山上绽开的百合。

在兰屿浮潜，遇盛夏豪雨，海面顿时成为鼓面，我的后背遭到一阵捶打，不觉疼痛，倒像种解脱，仿佛周身的孤绝爱恨被敲打而出，淌向远处深海。我低头，水下的世界平静如昨，鱼群按着原有的节奏行进，海带随着水流摆动自己柔软的身体，一条海蛇闪电般穿过我的目光，向更深的海底刺去。我感觉此刻上帝把他的眼睛给了我。

在黄昏的爱河里，找一把河畔的长椅坐下，有船缓缓开过，留下微微荡漾的水波，似乎是一首诗金光闪闪的韵脚。对岸的凤凰花开得满树都是，路上车不多，行驶得也不快，千禧年左右建造的高楼已经不新，它们静静矗立，像中年人在和我对望。旁边公园里有人在打棒球，跑起来像一阵风。我想按住时间的停止键，留住眼前的世界。

生命长途中遍布花树，美好，却是刹那的惊艳。我们总在期待有生之年再次相逢，于是所有的不辞辛劳、义无反顾仿佛都有了意义。但来时的航船已远逝于迷津，旧地重游，物已不再，人也换了面目。

你我不忍苛责自己的单纯，所以无数的人总是一声唏嘘。

住在埔里一家叫“在岛中”的民宿，老板用山泉泡香草薄荷茶让我喝。舌尖刚一触到茶水，就想起幼时雨天自己到后院看薄荷被雨水浇灌的情景，一阵清凉在鼻翼环绕。后来搬到新家，旧家后院无人打理，野草丛生，薄荷踪迹隐没。去年回旧家时，已看不到它们。薄荷的香气里有我的年少，失去它们，我的童年也失去了味道。

到安平树屋，一棵棵粗壮的榕树从破落的瓦房里抽身而出，根须垂地，枝繁叶茂，来看的人无不称奇。回想幼年时，自己常在外婆家旁边的榕树下玩耍，一会儿爬到树上，一会儿跳下来揪着大树的根须，虽是一个人，但也很快乐。但在我上初中的时候，舅舅为了加盖楼层、扩大住房面积，把树砍掉了。树不在了，像一个亲人离开了。

有天傍晚，我一个人坐公交车到基隆港，抵达后，夜色已将水面染黑，豪华客轮停靠在港口，灯火璀璨，像一座移动的皇宫。记起曾经跟某人在海边时聊过的梦想，要带对方坐上一艘泰坦尼克号一样的轮船，看一场海上的日出。如今自己的右手已许久没有摸到对方的掌纹，能握住的只有夜里呼啸而来的风。有个男人站在港口，独自在黑暗中往水面扔下一块石头，好像谁被丢掉的心。

偶尔半夜下起雨来，宿舍屋顶叮叮当当响着，梦醒，一时间不知自己身在何方。起初觉得自己还在大陆学校里，每日要早起晨跑，背书，或者到图书馆占座，又觉得自己似乎是在乡下家中，一推开房间的门就要面对父母的脸，想着未来要走的路。屋外雨势渐大，仿佛夜空要赶在天亮前把所有的泪水流干。

所有在心里有过痕迹的地方，此刻都在我眼前混淆起来。

陈丹燕说过一段话："人们对旅行的想象和要求，闪闪发光地照亮了他私人生活中的缺失，那些童年时代已悄然留存于心的梦想，那些平静安适的外貌后面，有无法解脱的隐痛和欲望，还有体面的日常生活里强烈的窒息感，和经久不息的好奇心，这好奇心来自安稳的生活，也来自被制约的生活，还来自对毁灭的隐秘渴望。"

旅行能让我将藏于心底的东西一一倒出，留在一个又一个的站点上，作为自己成长的记号，而未来旅途上的自己是崭新的，每一个脚步都能在卸下重负后轻松前行。我明白过往的遗憾已是东海逝波，唯有舍弃不该有的执念，才能与这世界好好相处。

人有时候需要和自己单独待在一起，用感官和内心去确认自己是否还完整存在着。虽然我们会感到孤独，但这种只属于一个人的舒服、自在，是与他人结伴旅行时无法拥有的。

我们撇开背景，暂无过去，忘记社会舞台上那张施满粉黛的脸，重新出发，认识自己。走遍千山万水，努力触摸世界的温度。

孤独是一枚陪你我成长的果实。我们在它的内里饱满，亦是在自己心上饱满。等它成熟，绽开，你会瞥见宇宙的光芒原是盛装于黑暗中这小小的核内。

天高云淡，波峰浪谷，雪虐风餮，似锦前程，都需你我独自上路，不慌张，慢慢走。在路上与真实的自己相逢，等重返归途时，再把属于自己的身体和灵魂都带回来。

愿日后，你我宁静、淡泊，地基广阔，却不露洋面，即便偏安一隅被孤立，也不厌恨外界，而是能够对其温柔相待。

这是岛屿教会我们的品性，像一根线，穿进灵魂的孔中。

蔡康永说："恋爱就像去很远很远的地方旅行，虽然知道无法留在那里，但依旧很开心。"

所以，如果你年轻，正孤独，就去旅行，这跟恋爱一样。

有时，它或许比恋爱更舒服。

前往月光下的海

独自一人在灯下撰写论文，夜过四更，好不容易可以睡下，却被微信上同学发来的信息提示音打扰。临近毕业，怕年级上有急事，手机二十四小时开机，几乎夜夜都在紧张与不安中度过。

即刻打开看了一眼信息，原来只是有人发了个晚安的表情，自己瞬间松了口气。

我是什么时候变得这么敏感了，像夏天里一株易被晒伤的植物。日子忙忙碌碌，如同厚实的墙，越砌越高。

到了研三，我被时间推到墙角，整个人像机器一样活着。不停查阅图书，收集材料，撰写章节，又不断推翻原先的结论，修改大量的段落，好几次整个人都累得趴在图书馆的木桌上，睡了很久很久，直到有同学过来轻轻碰了一下我的后背，问我身旁的空位有人吗，我木讷地摇摇头，连话都不会说了。

有时很想一口气就拉下此刻生活的闸门，去一个没有人认出自己的地方，趿着拖鞋在自由空旷的夏天原野上奔跑，重温阔别已久的曼妙时光。

以前每次升学考试结束，我都会给自己安排一场漫长的旅行。到海边的渔村去，看着潮涨，吹着海风，太阳东升西落。那片海非常大，大到有时一边在下雨，一边又似乎在出太阳。我感受着潮湿，也被炙热的光所照耀，瞬间懂得了人与自然可以和善共处的道理。

风一阵一阵吹来，我留长的刘海飘起来了，我宽松的短袖被撑起来了，我像是云，又像是帆，即便有引力在拉扯我的脚踝，但我仍觉得和风邂逅的那一刻自己没有拘束，无比自由。如果一生都能如此飘散，好像也没有什么不好。

幼年时也到过海边，和伙伴们一起在祖父带领下玩闹嬉戏。祖父一生郁郁不得志，看海成了他常做的事。当我们踏着浪花越走越远时，祖父立马将我们喝住，说，大海表面平静，底下实则暗涌遍布，非常危险，快回来，快回来。

那时少不更事，不明白其中亦有深意，如今想来，知道了人世与海皆是如此。只有潜入深海的人才知海底漆黑，动荡不安。当我们无法获知隐藏在其中的危险时，会感到一种深深的恐惧。海给了你我敬畏它的缘由。

很多读者常问我，自己看不到海却又想感受海的空旷与自由，应该怎么做。我的回答是，给自己一张床。夜里，打开窗，关上灯，想象黑暗的潮水已升至床板下，载动你，前往月光下的海。

风吹动着树，是涛声。远处忽隐忽现的路灯，是星辰。海始终都在你身旁，伴你入眠。每当疲惫的身体与柔软的床融为一体，我便即刻入睡，这是我一天中最幸福的时刻。

很多时候在路上，醒来后也忘了自己究竟在哪里。列车不断开过，人们来了又走了。没有谁会真正停下来，看着这个匆忙而又空虚的世界。一群上班的人低头看着手机上的新闻，或看看表后左顾右盼。结伴上学的学生跑过，偶尔可以捡拾到他们落在风里的声音，谈论着最近流行的歌手、电影、学校的午餐、自己暗恋的人。

我们的生活似乎总被一种看不到的庞然大物追赶，列满计划又常常到头一场空，耗空青春的身体，滞留下无法排解的疲倦。有几次，不知道开往何处的地铁进站了，我跨上去，随它前往哪里，有时漫无目的才像是一场旅行。我不知道前方何处，我只知道现在是夏初，去哪里都可以。

二十岁后，我到过很多城市，住过很多朋友提供的房间，只是进行简单的打扫，清理器物，内心便和房间一样舒适。自己从来都是一个不想有多余累赘的人。买错的书籍、已不再适合穿戴的衣物饰品、即将过期的食物都毫不犹豫地从生活中移除。所以日常不会经常跑去商场购物，尽可能做到人生从简，惜物惜福。

也常与患有抑郁、失眠症状的友人聊天，以平静淡然的语气诉说衷肠，反复提到“简单生活”的字眼。面对他们，我千百次告诫自己不能施以同情、怜悯目光，在浮躁而压抑的时代，谁都一样，不堪一击。现实肉身，尽是千疮百孔，人生长路也遍布深渊暗河。

人生忽如寄，寿无金石固。烦恼、意外、离别、死亡都像不速之客光临我们生命中的不同阶段，一个人如果背负太多执念与愁苦，人生是过不好的。诚如《金刚经》中所言：“过去心，不可得。现在心，不可得。未来心，不可得。”

世事虚妄，造次颠沛，人在其中，不应花太多时间去争夺，去猜忌，去后悔。倒空内心的残羹冷炙，轻装上阵，不问前程与来路，人生便会好过很多。

愿你前往月光下的海，找寻一艘属于自己的船，从此岸到彼岸，笃定前行，不慌不忙抵达生命的出口，找到人生的意义。

钟声下的枕眠

深夜临睡前，我总会把窗子开出一条缝隙，好让晚风夹卷钟声迤逦而来。时光至此，适合点灯筑梦。

自己枕着钟声而眠，仿若置身空中楼阁之中，风来云去，星辉月明，亦如驶着莲船进了鱼虾梦中，安逸恬淡。

这是容易坠落手心的夜，世界淡漠如微薄空气，自己只依着钟声的路径梦里前行，身无所系。这样的感觉，我由衷喜欢。

隔着屋宇一两里便有山间古寺矗立。在料峭的春寒里，在内心无灯的荒野里，透过夜霜露华，我听到的钟声总是缥缈而又清晰，嵌在心口，似有一僧袍包裹而来，清静无为便覆于全身，是种孤单中高远的享受。饱满而坚挺，不输于闲云野鹤里过活的寥寥隐士。

钟声散落风中，无边无际地散去，像极了没有归宿的云雨，卷舒之间，倾洒之后，何处是尽头？这是种苍凉，透着落花无意等闲人，奈何时光不解弄纤尘的模样。但好在钟声比云雨更贴于心，醒于脑，任何俗世之人莫不对其虔诚谛听，是佛对芸芸众生的警示与希冀。

其实太高远的意境于我而言，是疏离的。而钟声似禅的外衣，天宇之中飘着，那般空灵，却让自己觉得陌生。但细细想来，这钟声对自己来说应是熟悉的，如同故友，只一日不见便如隔三秋。

张继在苏州寒山行吟的诗篇是最早入耳的。只听，他于万籁俱寂中吟道：

> 月落乌啼霜满天，
> 江枫渔火对愁眠。
> 姑苏城外寒山寺，
> 夜半钟声到客船。

好一首《枫桥夜泊》，孤寂雅致，酷似青瓷的质感，于凉夜触摸，定是露着闪光的冰冷。而那一夜的张继，谁都知晓他是彻底的失眠了。时势动荡，烽火连连，客居他乡，颠沛流离，而寒山钟声于他，倒是种愁苦中的寄托。孤单的人儿寄养在黑夜里，是因了白昼的日光糜烂与市井喧嚣，而在暗夜下，他们披无为脱俗的袍子。一袭一袭昔时碾染而过的华裳，羽化登仙时他们便不留了。

这寒山的钟，定是美的，而且美得不寒而栗。

每每从三百唐诗里取出这首来，便像沏了壶香茗，其味清淡不醇烈，却润了口，洗了肠，自然是怡然自得。感觉千百年前这不得志的男子也应是仙风道骨的容貌。而我，也像是回到了那时枫桥，夜半随船停泊在钟声里，活出了于现实中难得的一把清寂。

而杭州净慈寺的钟声也是够迷人的。

这钟声在费玉清所唱的《南屏晚钟》里，有了叶落一般的美，轻盈迤逦，似云雾迷蒙间，一对迷了路途的善男信女款款而来。而于森森林木间，他们竟走散了。

> 我匆匆地走入森林中
>
> 森林它一丛丛
>
> 我找不到他的行踪
>
> 只看到那树摇风
>
> 我看不到他的行踪
>
> 只听到那南屏钟
>
> ……

男子定是迷进了南屏晚钟里，出不来了，而女子便也无处可寻了。这也好，迷了就迷了，如入百花园中、白云深处，远离红尘羁绊，倒也落得潇洒自在，六根清净。何况是进了南屏钟声里呢，独自随风而起，回荡于天光云雾间，忘却世俗忘记恨，更应该是值得的事。

歌声是有些微凉，滴着晨露一般，但有哪一种钟声不是浸在水雾当中？晨钟暮鼓里应有悠远意境相生，却又在禅中洗濯，染着雨后兰花的氤氲香气。

其实，这《南屏晚钟》是有古诗版的：

夜气滃南屏，
轻岚薄如纸。
钟声出上方，
夜渡空江水。

漫步林中小道，野芳发而幽香。慢慢拾级而上，念一句这诗，心口应似有淙淙泉水流来，或是有清风入骨又淡然而出，身子自然是甘甜清冽。这是极妙的人事，既赏了南屏之景，又养了自我脾性，美哉。

华夏之钟，远溯尧舜。至周代，是乐器类之用，为八音之首，属金类乐器，上有经文书法。除去用于雅乐之钟，还有些圆形、八峰波形钟，用以报时，其声正直和雅深沉，响至四季。因这，自古骚人墨客便多爱之，留下的诗词也是众多，有“欲觉闻钟声，令人发深省”“万籁此都寂，但余钟磬音”“古木无人径，深山何处钟”云云。

但这些，只是中国先贤们绘制于古典诗画里的尤物。而西洋的教堂钟声也是适合谛听的。

深秋时节或是冬雪天气，独自走到那些森森耸立的异国建筑之下，其感也很销骨。

那些暮晚时候传来的钟声，似高空飘落而来，又隐没于黄昏之中，空灵沉着，是可敬仰的静。呼啸的风中，偶有鸟群掠过，钟声之下，这些细小生灵也好似镀上一层静默。那般轻若烟云的薄羽，似你的指尖轻轻一抖动便会掉下些许，白雪一般簌簌落着。

记得离世的史铁生曾在《消逝的钟声》里写道：

> 这时候，晚祈的钟声敲响了——唔，就是这声音，就是它！这就是我曾听到过的那种缥缥缈缈响在天空里的声音啊！
>
> “它在哪儿呀，奶奶？”
>
> “什么，你说什么？”
>
> “这声音啊，奶奶，这声音我听见过。”
>
> “钟声吗？啊，就在那钟楼的尖顶下面。”
>
> 这时我才知道，我一来到世上就听到的那种声音就是这教堂的钟声，就是从那尖顶下发出的。暮色浓重了，钟楼的尖顶

上已经没有了阳光。风过树林，带走了麻雀和灰喜鹊的欢叫。钟声沉稳、悠扬、飘飘荡荡，连接起晚霞与初月，扩展到天的深处或地的尽头……

不知奶奶那天为什么要带我到那儿去，以及后来为什么再也没去过。

不知何时，天空中的钟声已经停止，并且在这块土地上长久地消逝了。

……

再次听见那样的钟声是在 40 年以后了。那年，我和妻子坐了八九个小时飞机，到了地球另一面，到了一座美丽的城市，一走进那座城市我就听见了他。在清洁的空气里，在透彻的阳光中和涌动的海浪上面，在安静的小街，在那座城市的所有地方，随时都听见他在自由地飘荡。我和妻子在那钟声中慢慢地走，认真地听，我好像一下子回到了童年，整个世界都好像回到了童年。对于故乡，我忽然有了新的理解：人的故乡，并不止于一块特定的土地，而是一种辽阔无比的心情，不受空间和时间的限制；这心情一经唤起，就是你已经回到了故乡。

这样的钟声超越了国界与宗教，它纯粹是一种记忆的凭证，有着故园泥土的香气，魂牵梦萦般地涌入胸口。身处闹市里的人儿，若有心，他定能在脱下俗气的热闹后循着这香气重回儿时，寻找到更多真实与质朴。钟声的美好，恰如其分。

我进入了北方的大学后，发现学校欧式风格的旧图书馆顶楼也有这般曼妙的西洋钟声。隔一小时就敲一遍，深夜到凌晨之间是不敲的。每次钟声一响起，自己便会安静下来思索一番，像是临镜而坐，对着镜中反思自己一日所做之事是否妥善。

友人常在一旁笑我，说是习文之人皆有此般怪癖，不易琢磨。

我淡然一笑，也不说什么，只问他，是否喜钟？

他答道，习以为常。

我轻声言道，你我皆是世间微小的个体，这静穆之声能减轻我们于生存中的不确定性。

友人搔一下头，愣了半晌，笑了一声后也陷入深深的沉默里。

这是每个人于钟声下所应得的自省。

晚凉，菖蒲的香气搭着钟声，穿过隐隐村落，来到我的枕边，清清爽爽，又沁人脾胃。内心自然是笃定淡然，无常世事皆可忘却。

不再攀附于谁的影子，自己便是自己了。

钟鼓道志，钟磬清心。

月夜之下，枕着钟声而眠，应算作一桩美事。恬然睡梦中，你会看见，浩荡的俗世里，如尘的人儿亦可笑若僧侣。

旅行的意义

清晨，我摘下一朵含露的小花，把它别在门上。我想告诉母亲，我要开始独自旅行，在日落前抵达自己的远方。

我不知道这场旅行需要走多远的路，或许是一百公里，或许是一千公里。我不知道这场旅行的目的地是个什么地方，或许是热情的岛屿，深夜的巴黎，或许是下雪的北京，忧郁的土耳其。我所知道的是日落之后任何地方都是我的远方。

我的背包里装满了糖果和玩具，还有各种颜料和几张画纸，我爱吃糖，我爱画画。尽管母亲说糖果会毁掉我的牙齿，画画会影响我的学习，但令我高兴的是在这场旅行中，她说什么我都听不到了。我所能看到的是，在我的前方，一条路向我铺来，看不到尽头，两旁的风景华丽展开，发出油彩一般的光。

风温柔地从每一片鸟声栖息的叶尖走过，太阳的脸庞渐渐明朗，暖暖的。我从路上停下，走入旁边的小花园里。秋千上坐着几只小猫咪，它们快乐兴奋地唱歌，猫妈妈则守在花园里老鼠挖出的洞口。隐约听到一个男孩的哭声躲藏在高高的花丛后面，我好奇走了过去。他蜷缩在角落里伤心地流泪。“男孩是不该哭的。乖。”我说。他的哭声停了下来，“哥哥，我迷路了。”“你的家在哪？妈妈呢？”我急切问他。“家？我不想回家，妈妈会打我。我用石子儿打破了邻居家的玻璃，妈妈说我是坏孩子。”男孩继续哭着，我放下背包，用毛绒玩具和一袋糖果买走了他的伤心。“哥哥会带你走的，别哭。”

远处有风吹来，抚过脸，温暖得像母亲的手。我看见一个女人含着泪水走来，她抱起正在吃糖的孩子，静静抚摸着。是他妈妈吧，我猜。女人用慈爱感激的目光看了我许久，然后风又吹来，花园消失，布景变得苍白。

路继续向前延伸，我的旅行又开始了。

中午，吃了一路的糖，牙齿发酸，而肚子咕噜了好多遍。我向路的两旁瞧去，希望可以找到一个能暂时歇脚的小店。看到了，有一家旅馆，房顶上面的小红旗正向我打招呼，我飞奔过去。店门前摆满了好多鲜花，炽烈的阳光在上面踏着明亮的舞步，像斑斓的梦。一位少年戴着棕色小帽，手里轻抚着小白马软软的鬃毛，“骑着我的白马去草原好吗？不要让我爸爸看见。”见到我，他就叹起气来，“爸爸说我要继承他的事业，不能去当骑士了。”他应该和我年岁相仿，带着一点稚气，却又满脸无奈。我拍拍他的肩，“别灰心，跟你爸爸再好好说说。你的梦会实现的。”他沮丧地摇头，用爱怜的目光看着白马。小白马很乖，不断地把脸凑向少年，希望能安抚他心中的伤。

这时，宽大而坚实的手轻轻拍在了他的肩上。是他爸爸吧，我猜。男人走回旅馆拿了一些面包和牛奶给我。然后，他把少年扶上了马背，目光里寄予了希望。男人摸着白马的头，解开了绳，突然用力拍了它。脱缰的马风一般奔向远方，它一定是背着它的小主人去找辽阔的草原了。仿佛是情节的重复，风吹来，一切消失。

路又继续向前延伸，我的旅行还在进行。

傍晚的时候，我仰望天空，飞鸟用翅膀画了几条弧线，云朵染上玫瑰的色彩，大地披上金色的外衣。我不禁拿出画笔和纸，想要画出它们美丽的样子。几只低飞的鸽子向我靠近，我的思绪被小家伙抖落的白色羽毛所牵引，我走向它们，无意识地一直走入森林的深处。我看见一个中年人跪倒在墓碑旁，沉默地低头，好像在做忏悔，鸽子们安静地依偎在他身边。“叔叔，这些白鸽是你养的吗？”我好奇地问道。中年人抬头看了看我，眼光黯淡，“是我父母养的，在过去的日子里，我忙着自己的事业而忘记了他们，而他们却一刻也没忘记我。这些白鸽是他们离开后留给我的礼物。”“叔叔，我能摸摸鸽子吗？”中年人听了我的请求，立马站起来，抱起一只鸽子准备给我，鸽子在他怀里像听话的孩子。

我伸出手的那刻，青色的光亮起，世界明亮而温暖。然而，一切又突然消失，只剩下一条路铺向远方。

我知道太阳就要落山了，旅行即将结束。于是我扔下背包，用尽全力向最后的目的地跑去。路旁的风景像电影影像，在我剧烈的喘息中迅速放映。白衣飘飘的年代，藏在日记里的心事，蓝色的纸风筝，想要飞翔的翅膀……那么多的风景如风般后退，我跑在路上。

其实，成长就是一场旅行。在路上，我们看过了许多美景，听过了许多故事，我们迷失在地图上每一道短暂的光阴。在路上，我们累积了许多经历，挑选了许多礼物，我们收集了地图上每一次的风和日丽。而到最后，我们可能忘了临行前父母的一声祝福或是叮咛，可能忘了单独上路的日子里还有一些爱给自己取暖，可能忘了那些最熟悉的面容其实也是自己最想看的风景。

日落了，黑夜舔着我的手指。我的远方到了吗？路灯的眼睛亮了，一座房子像昨天一样向我敞开，风穿堂而进。门上别着的那朵花还沾着清晨的露，我是不是又回到了原点？这场旅行多像年少时的梦。而年少时的梦，就像这朵永不凋零的花。

我又看到了母亲那张熟悉的脸，她叨叨说着：“都长大了，还像个孩子，一整天都跑哪儿玩了？”或许在父母的眼中，我永远都是长不大的孩子。可是，我深知自己真的已经长大了。经过这一场旅行，我从清晨走到了黑夜，从少年走到了青年。

蓦然回首，我才发觉，旅行的意义，已不是脚下踩着的土地，而是一路上看到的爱的真谛，它们已构成我美丽的生命。

像风一样飞驰去远方

在所有与孤独做伴的年少时光里，我最怀念的是一辆辆陪我历经风霜的单车。

它们有的生锈，被闲置于某个幽闭角落，蛛丝缠结；有的因我一时疏忽，从我手中丢失，被人刷上新漆，成为别人的物件；有的交给了家中亲人使用，我再骑上它的时候，感觉已不如从前得心应手，它显得有点笨拙，有点老了。

去台东池上骑单车，感觉自己回到了小时候。

当我把车骑到伯朗大道上时，两旁稻田在风中一波一波翻腾，像碧绿的海。稻穗还未成熟，被阳光一照，一串一串，青亮亮的。路上有三三两两的学生把车骑得飞快，呼呼往前冲着。而有个人却骑得很慢，我超过他的时候，听到他在唱周杰伦的《稻香》。

这让我想起以前在故乡时，自己在田垄间骑着单车磕磕碰碰的情景。那时天空澄净，蒲柳寒烟，田野褪去青芒，已是稻米灌浆的丰收景象。我仿佛是骑在金黄的海上，风里尽是稻香。

这几年再回乡，却无此盛景。昨日的田野葬在高楼水泥之下，像死去的亲人。我每次经过，仿佛都能听见它在喊我的小名，一声声，散在风里。

许多事物都无法回到最初的美好。

小时候，父亲常把我放在老式凤凰牌自行车前面的杠子上，他两手握住车头，风一样呼呼骑出去，带我去山里，去海边。

上大学的一个秋夜，刮起大风。宿舍阳台上的衣服架在晾衣绳上哒哒哒地跑到东，又跑到西。我梦见了父亲。

梦里还是小时候的场景，父亲一点都不老，面带微笑，没有白头发，也没发福，真年轻。他在旧家门口把我拦住，说台风天不准出门。我对他做了个鬼脸，咯咯地笑起来。然后他竟然拎出自行车，载着我出去了，买了好多零食。我在车上一边吃一边兴奋地喊“爸爸！爸爸！”

后来刮来一阵大风，我们跟自行车一道飞了起来，越来越高，底下的房屋、马路、河流都变得很小，像玩具。父亲好像骑着云，我坐在云上，我们不断被风推着前进，飘过了闽江，又过了台湾海峡，向着一个发光的豁口开去。

我学会骑单车是上初中时，在那以前我非常羡慕能把前后两个轮子骑起来的人，觉得很神奇。我曾以为自己一辈子都学不会，直到遇见Y。

年少的夏天，在海滨公园的大道上，Y骑着一辆单车，一只手又拎着一辆，来到我跟前。那时我还不会骑车，一直期待Y能教会我。也许是怕辜负了他的好意，我蹬上车后就按着Y说的做，聚精会神目视前方。他在后头扶着，不到十秒钟，就松开了手，然后跟在车后跑着，跑了一段也不跑了，只在后头大声冲我喊着："对，就是这么骑！你会了！你会了！"随后Y也骑上他的单车从后面追赶上来。

我一下子觉得自己是在跟随海上的鸥鸟一起扑打着双翅，向着远天飞去，夏天的海那么美。暮色罩在海上，海水粼粼发光，一切恐惧就在一个瞬间消解，好像纯度不高的铅笔拉出的线条，无论多长，都可以随手用一块时间的橡皮擦将其擦去，不留痕迹。

原来在这世上，我们最大的敌人一直是自己。

在兰屿岛上，因为不会骑机车，我和朋友L成了小岛上仅有的骑单车的两个人。民宿老板把单车租给我们的时候，反复跟我们说，一定要注意，别弄坏了，因为岛上没有修单车的地方。从朗岛村启程去椰油村看灯塔，路上机车来来往往，有回跟一个胸口敞开、皮肤晒得通红的青年人挨得很近，他侧过头，嫌弃似地瞄了我们一眼，然后得意洋洋地加速，扬长而去，消失了。

我和L看了看彼此的单车，笑了。

L说："等工作四五年后，一定要买辆宝马放到兰屿上开。"

我说："别赌气，如果你真那样做，跟他们又有什么区别？我倒是情愿一辈子骑单车，慢虽然慢了点，但同样可以到达目的地，一路上还能看尽风光，不是挺好的吗？"

L仍很倔强，说："反正我要买。"

想想，毕业后工作四五年，那时我们都三十岁了吧，世界应该会有一点点变化了。

这些穿过我们的车辆是否都已经换了主人，或者报废，被扔在野外风吹雨淋？

那时，你三十岁，在大马路上开着豪车，或者仍旧骑着单车，红灯亮起的时候，停下来，看见斑马线上有骑着单车的少年路过，他们衣着干净，笑容灿烂，你会不会想起曾经有过的单车岁月？

从一条公路上飞驰而过，呼啦啦，像风一样赶往远方。

从一个年轻清瘦、T恤因身体摆动而挤出折痕的后背，看见明天。

人生没有白跑的路，每一步都算数

跟村上春树一样，我在日常写作之余，也酷爱跑步。

在几公里长的路途中，我一边跑，一边放空自己，有时欣赏远山的落日，有时眺望江畔的航船。一次次出发，一次次抵达，穿过清晨黄昏，在雾霭暮色中，生命如得到重生般畅快。而两旁流动的风景，不知不觉中也构成了人生的风景。

幼年时住在乡下，一个人经常在田间小路上跑。泥土松软，不磨损鞋底，仿佛是跑在一块巨大地毯上。那时不懂得慢跑，总是一股脑像被掷出的骰子一般往前冲，跑累了，腿一哆嗦，整个身子便往菜畦里倒。衣服脏了头发乱了，也不理会，是种很满足的沦陷。春天蚕豆花开，花朵跟蝴蝶都分不清楚，满满遍布。一起风，作物的叶子波浪似的翻涌着。蝴蝶仿佛都飞往海上。太阳有时从云中钻出，抖下万丈光芒，世界被织得越来越亮。我大口大口呼吸新鲜空气，如同幼时吮吸母亲的乳液般陶醉，心也亮堂。

到大城市上学后，终日在硬得没有一丝生机的水泥路上奔波，人易感压抑，心也变得漠然。每日清晨，我会在雾气散后跑去学校附近的小山上，登高望远，做几下深呼吸，视野变得开阔，人也变得开朗。有时途中落下细雨，雨丝扑脸，清清凉凉的，也不管不顾，继续保持匀速往前跑去。路上空无一人，女贞、黄桷、玉兰荷花树叶子沙沙作响。碰到大雨时，脚步趔趄，便在一棵栀子花树下停住，花朵嫩白，香得可让人断魂。压力倍增、诸事不顺时也常去跑步，心最初像被罩上一层膜似的，等跑过一段距离，达到极限，那层膜仿佛鼓胀起来，我再往前跑几步，那膜就像被捅破了，整个人在知觉麻木后便又获得了一种轻盈。

有段时间，室友L学业和爱情都不如意，临近毕业工作也无头绪。每天傍晚时分，L都要绕着学校的运动场跑上几圈，气喘吁吁，倒在草地上，像个服刑的人。我见他这样心里也难受，随后便加入进来跟他一起跑。当我发现L的跑步方法不对后，我对他说跑步是需要节奏的，不能蛮横直撞，要调整气息。人生其实也需如此，适当放缓速度，慢慢来，找到自己的步调，一切都会好起来。跑累了，我们就倒在草地上，星星好像都落到了我们的额头上，一瞬间内心通畅，仿佛也丢下了万千忧愁，不再悲伤。

在奔跑的过程中，人看上去是动的，心却是静的。放空的时候，我们就是草原，就是海，思绪也同浮云那般易散。

想想，对于夏蝉、秋虫、繁花、树叶而言，我们的一生是漫长的。在这漫长的一生里，终会有新的人出现，新的故事发生，如果失去信念，意志消沉，不再相信自己，我们的人生便是苍白的纸页，永远停留在自己失意的阴影里，和影子成为同类。勇于越过山丘的人，才容易成长，看到更远的景色。

我在晚上没事时也时常出去跑步，一般是在22点之前，因为22点之后我们的心肺会进入休息状态，不宜运动。穿过小区外的马路，绕着江滨小道跑步，梧桐叶子相互抚摸，发出折页似的声响，鸟群栖息在树梢，恍若孩童，仍不安分，时不时鸣叫一两声，飞出来，在浅薄月光下穿行。远处山顶阁楼的灯影，灭了，又亮了，像这寂寞夜里睡了又醒来的人。清风将水面吹出一条条波纹，仿佛漾进心里。

回到家，准备好浴巾，洗个热水澡，身上的汗渍泥垢被冲得干净，骨头也伸展起来。躺在床上，枕巾散发出淡淡微湿的气息，窗外月影斜去，树枝摇摆，世界好像在用这样的手势道着晚安。我什么也不做，就这样放空自己，设想躺在静夜海中航船的甲板上，疲倦，但内心安宁。

跑步，可以让我们获得重新认识自己跟世界的机会。在每一天昼与夜交替的缝隙里，换上跑鞋，戴上耳机，把俗世遭遭关进房中，让肉身与灵魂在只属于自己的路上得到安顿。

即便一路有风有雨，你也要坚持迈出每一步。

人生没有白跑的路，每一步都算数。

浮生若梦，慢慢走好好看

任何地方一旦热闹起来，就无法免俗。

生而为人，我们或多或少都带着点俗气，它是我们骨子里无法剔除的部分。但我们可以选择雅的志趣，以此中和，让人生的底色浓淡相宜。

相比于游客如织的景区，我喜欢去清静的地方小坐，赏花，看云，听泉，顿觉余生漫长，岁月无恙。

去台南的时候，路过吴园，园子不大，比不上苏州园林那般“风姿绰约”，却回环从容，精致有味，隐于市中。吴园是清代台湾四大名园之一，道光年间由士绅吴尚新所建，由此得名。园内假山、池塘、亭台楼阁如泼了墨一般，在世间的水上晕开，环抱。

吴园创建至今已有百年历史。时间仓促行进，而园子还保留着当初样貌。虽然周边楼房一天天高过它，墙外车马人潮众声喧哗，但丝毫没有打扰到它的清静。在这里坐上片刻，可以感受到电影《道士下山》所诠释的主题："一门之隔，两个世界。"

以前看陈从周的《说园》，里面写道："万顷之园难以紧凑，数亩之园难以宽绰。紧凑不觉其大，游无倦意，宽绰不觉局促，览之有物，故以静、动观园，有缩地扩基之妙。而大胆落墨，小心收拾，更为要谛，使宽处可容走马，密处难以藏针。"

外围的空间服务的是内心的空间。园子大小是其次，重要的是能安顿一个人的彼时心境，如品香茗，如坐云中，小小的园子便住着清风明月、光阴往事。

家乡三溪山间有一处三台庵，庵内平日香客不多，玉兰香气弥漫其间，尤显清寂。靠禅房的地方有几口石臼，内有清水豢养小莲，水中红鱼隐现。山风吹来，拂动庵内草木，枝叶轻轻抖动，地上的光斑也随其晃动，如有仙风道骨之人要来。到了傍晚，群鸟跃出，扑棱棱飞起一片，向着更远的山林掠去。我常常一个人抱着古诗典籍，坐在庵中石凳上，用很轻的声音朗读，常等纸页上已模糊得见不到字迹，落了月辉才离去。

年少叛逆，我有时跟家中父母生气，也躲到庵中，独自在走廊上静静坐着，想一些事。月光泻下来，倾洒在瓦上和院落里，照着事物越来越静。廊下起了清风，仿佛是被泉流或钟声浸过，落到皮肤上，凉凉的。鹧鸪作漫长的咏叹，像祖父母那般开导着我，宽慰着我，劝我收敛戾气，早点回去。

曾与友人爬过杭州的宝石山，在山顶看不远处的西湖，水光潋滟，舫影绰绰，下山时忽见一处书吧，名为“纯真年代”，外形古朴，两层，是江浙一带特有的小园房舍。走入其中，一边是摆满书架供人翻阅的书籍，一边是茶饮用餐区，服务人员统一着装，且面目清秀，笑意盈盈。

我顺手翻开几本书册，只见扉页上都题着作者的寄语、签名，应是馈赠之书，方知这家书吧主人并不简单。友人也好奇，拿出手机搜索，知道了书吧主人的身份，说：“这是盛子潮、朱锦绣夫妻俩开的，他们都是我们厦大的校友。”

之后我得知了这家书吧的故事。

妻子朱锦绣在十多年前得了一场重病，病中她打算在西子湖畔开一家书吧，丈夫盛子潮倾其所有帮妻子圆梦。后来朱锦绣病好了，毅然辞去浙江工商大学的教职，把精力都投到书吧上。“纯真年代”从最初热闹的西湖边上搬到了较为幽静的宝石山上，生意不好，好些年一直在亏损，但夫妻俩都坚持经营。

十多年来，这里吸引了托马斯·特朗斯特罗姆、莫言、北岛、余华、舒婷、顾彬等名家前来做客，成了无数文艺人士相知相识的地方，使得一座不高的山有了一种很高的品格。但在二〇一二年，盛子潮突然罹癌，最终于二〇一三年八月二十九日凌晨离世。

他最后留在人世的是去世前五天发在微博上、送给妻子朱锦绣的 13 个字：“谢谢锦绣，什么事，我先不告诉你。”

每回来到这里，我都不免心生感动。

“纯真年代”或许有天会过去，但有些故事将透过一扇扇窗、一本本书被人记住，在后来人心底长出最坚韧的藤蔓、最翠绿的枝叶，亭亭如盖。

日月盈昃，白云苍狗，时间默然行进，又如狂响飓风，悄然间迅即摧毁生命的表征。园如人，有生命，有岁月，终有一日也会消亡。

浮生若梦，我们途经每一处园林庭阶、楼台亭榭，都需慢慢走好好看。碰到心仪的，不妨把它移到内心的荒野上，自此隔山隔水，也能凭着回忆抵达。

在一处波心照见自己的影，在一片檐下读出人生这两个字。

提灯照荷远，少年已乘风

时间的大雨冲淡了红艳的年少，在十八岁以后的月台上，我目送一列列火车从身边驶过。

辛夷花沿着金属铁轨盛开，被花海簇拥的前方变得明亮起来，遥远的风声飘荡在开阔的原野上，蓝天清澈，青山是一道笃定的眉边。

恍惚间，我走过了一条深邃的长廊，在那一段没有晴朗光线投射来的时日里，声音被所有黑暗的牙齿紧紧咬住，内心深处的草木却长得异常繁茂。

我总会听见一种低低的声音，顺着时间的源流而来，在身体里欢唱：“亲爱的人，远方如同莲花的颜色，你的未来要在那里盛开几次。”

我是个对远方有太多迷恋的人，想象着自己美好的梦境一定会在远方实现。

酣睡中温顺的猫咪，平原上日夜旋转的风车，美丽的花树，单纯的幼童和离世的亲人，一定会在远方的某个路口或僻静小站等待着我。

那些没有人认领的青春也在远方的道路边生长，青草漫溯的面目和幽淡的清香，像宝石发出愈发明亮的光。

皓月高悬，千山远大，我热爱一切宁静的声息。

风会把过往吹成细珠，在时间柔软的掌上抖动，烟尘般倾散。在温热的执念里，天空不会欺骗善良的眼睛，内心不变的永远是一种向往。

这是远方给予我的美好臆想。

年幼时，自己是一只不安分的兽崽，整天在被大人固定的环境里冲撞。不识愁滋味，常在自家院子里兜转，看合欢树招摇，看兰草和各种造型奇怪的盆栽。

母亲在一旁浆洗衣物，我趁她不注意，自己便爬上粗大树干去打量远天，春风常在耳旁呢喃，像漫天抖下的细小绒花。

母亲歇下来的时候见我这般顽皮，抖动着细脆的声腔：“怎么爬那么高，下来，下来……”

我在她焦灼的目光中始终没有屈服下来，她耐不住性子，索性举起搓衣板拍击着树枝。

剧烈的摇晃中，鸟群纷落白色的翎羽，地平线描出青色的花边，我感觉自己的身体开始有了飞翔的欲望，像秋天的果实不断膨胀，在通往远方的风中抵达一种欢喜。

长大后，我终于去了一次远方陌生的城。

从南往北品尝着旅途漫长的滋味。一路上，我见过了旷达的原野，发光的河，异域况味的钟楼，还听到粗犷的北方口音。与远路人事的缘分，在时间里擦亮，描着悲欣之色，明白美好之物是多么可怕的美梦。

也曾在寂夜中哭泣，为着陌生境遇中感知不到自己存在而内心苍凉。在坚硬的冰面上摔倒，忍着疼痛起身。在喧嚣的街市里行走，觉得脚下没有适合踏足的方向。远方有多美，不敢再去想。

漏光的树下没有痛苦的蚂蚁，看上去永远是那么幸福。不懂追逐、不懂企盼的人是不是会比这样轻狂无知、满腹执念而把梦摔痛的人实在、幸福?

在年少细长而寂静的叶尖上，悬挂着一瞬间便滑下的水露，在时间里失踪，了无音讯。

渐渐发现，到过的地方永远不是远方，远方只在更远的地方，如同无法被人赶及的风。

有一年夏末，休学去工作的朋友阿禄处事不顺，工作上常遭上级训斥，情感上更是塌方，相处一年多的女友跟富二代跑了。

阿禄是个温润的男子，日常喜欢泡茶，赋诗。在我印象中，他心情不好时都喜欢出去走走。

那阵子阿禄内心郁郁，说要邀我一起去西塘观莲，但因我有事拒绝，他便只好独自前往。结果，火车晚点，抵达时已入夜。

回去后阿禄在电话里跟我说，因翌日要继续上班，需返途，那晚便独自去看荷，忽又遇雨，莲花都凋谢了，荷塘中尽是一片惨淡之景。他说是不是自己注定等不到最好的时机，一些东西是不是真的就该错过。

阿禄也开始怀疑远方，问我远方或许就是一场骗局吧，一种安慰，一种虚无，而我们却执意相信，像不像傻瓜？

我知道，阿禄心上持有的这些念头，是来自流年辗转中对光阴和世事的不信任，若断弦之弓上翔翼的孤鸟，找不到世界可以依赖的缘由。

看张爱玲的《半生缘》，内心常常变得柔软。

有时，两个人之间的距离远远超过目不能及的地方。那是一种恍若隔世的孤楚。

世钧以为曼桢离开自己后会过得更好，却不知失去爱的女人走到哪里都不再有归处。世钧也不知道，女人寻尽一生，仅仅要的只是与爱人相拥的那一刹那温暖。

流年散尽所有的伤和痛，爱过的人却一直在心里挥之不去。

几米说："当你喜欢我的时候，我并不喜欢你；当你爱上我的时候，我喜欢上了你；当你离开我的时候，我却爱上了你，是你走得太快，还是我跟不上你的脚步，我们错过了诺亚方舟，我们错过了泰坦尼克，错过了一切惊险与不惊险，我们还要继续错过吗？"

由于内心触摸不到彼此而产生的遥远距离，恰若两条平行线，永远不会相交。在烈烈风尘中，不禁让人感伤，落下遗憾。

"世界上有比远方更远的东西吗？"

朋友常常在电话中问住我。

我只是握着话筒，像握着沉默的石头，一言不发。

或许有时，我们唯有沉默才会在对方心里留下答案。

"喂，在听吗？喂，喂，你在吗？"

急促的声音透过不见端点的电话线像在希冀着什么，又像在害怕什么。

"我在。"我轻轻地说，"你等等。"

旋即，我打开窗子，鱼贯而入的风吹开静默的帘布，响起海涛般的声音，“哗——哗——”，我把话筒不断凑近。

“你听到了吗？”

“什么？”

“风啊。”

“啊？”

“风比远方更远。”

朋友这下也陷到沉默当中，良久过后，又问道，“那，风有多远？”

我假装想了想，然后笑着叫他摊开手掌往皮肤上轻轻扇动几下。

“感受到了吗，其实风一直都在我们手上。”

风并不远，在我们手上，也在我们心上。

细细听，你心上起风了。

第二辑
烟花渡口

你肩上的风

春末夏初，桃园、新竹、苗栗等地油桐花开遍，被风摇下的瞬间，飘成了落地的“雪”。

我走在苗栗不知名的山路上，风里尽是香气，桐花自由、随性地飞舞，我伸出手掌，接住了无数即刻要落下的梦，但知这也是无用的，桐花终究是在逝去，无法留住。我喜欢这满山遍地的桐花，在最后无可挽留的一瞬用身体铺成了白色的地毯、细长的河流。

世上自开自落的事物，在风里没有悲喜可言，我却被它们惊艳到了，并喜欢上了这些光阴的死者，它们其实比开在枝头时更令我心动，如此淡然，沉默，干净，美好，我甚至不忍踩踏，于是从石上走，绕过它们。

长久以来，我其实并不是一个细心的人，对于这些风中细小的事物，我常常没将它们放在心上，但这些花朵教会了我，去细心品味层层叠叠累积出的身影，它有我们需要懂得的爱与珍惜。

在兰屿，夜里，和L对着太平洋喝喜力啤酒。海风一直吹，把我们的头发都吹得颤颤的。我一个人喝了两瓶，神志当然还很清醒，脑子没有断片，风吹来，只觉得脸有些烫。L笑着，说我的脸红得像猴屁股。我也没饶他，说他的脸更红，像烂掉的苹果。

年少的岁月里，我们没有惊天动地的故事，平平常常，如同微风。有钱时大手大脚地消费，没钱时就一箱泡面加食堂免费汤勉强撑过一个月，风光或狼狈，我们都尝过，味道混在一起，就跟喜力一样。

后来，酒喝光了，L说我们一起来唱歌吧。我问什么歌。他说，《太平洋的风》。随后胡德夫的这首歌在我们口中跑调着："最早的一件衣裳／最早的一片呼唤／最早的一个故乡／最早的一件往事／是太平洋的风徐徐吹来／吹过我所有的全部／裸裎赤子／呱呱落地的披风／丝丝若息／油油然的生机／吹过了多少人的脸颊／才吹上了我的／太平洋的风一直在吹……"

我是多么希望再给自己几年时间，不要急着长大，急着毕业，急着进社会，急着去陆地，朝九晚五，成为镜中厌恶的成人模样。

海风吹刮得越狠，我们的心越空荡荡。

那天在高美湿地，天阴欲雨，风大，风车呼啦呼啦地旋转。前来玩水的人们依旧很多，一波走了，又来一波，如同潮汐，多半是幼童、少年和青年情侣，赤足踩水，捉着小小的招潮蟹，又在回去前放生。我独自站在广阔的湿地中央，灰色的云层映在水中，水面不如晴天时艳丽，但我也不觉失落，心想能来便好，毕竟眼前这一切也不糟糕。

不远处的岸堤上，一群穿裙子的少女兴奋地走了下来，迈着细碎的步子，她们的花裙子被大风吹得摇摆起来，有种缥缈而婆娑的美。我走近她们，她们像移动的花朵，又在别处美美地开了。我看见其中有个女生穿着纯蓝色的裙子，脸很小，头发长长的，被风吹得很好看，好像你。

我走回岸堤，努力整理思绪，海风打耳，狠狠掀开记忆的帘幕，我又想起你。

有一年夏天，在鹭岛，我忘了带公寓的钥匙，室友 PERRY 又陪他的宝岛同胞玩去了，深夜未归，我只好叫你陪我。你穿着一条蓝色的裙子从宿舍出来，头发刚洗，空气中有淡淡的薄荷香味。

我们在离宿舍不远的一家饮品店里吹着空调看世界杯。其间我们俩都只看着店里有点老旧的电视机，没有说什么话。十一点过后，每过半小时，我就催你一次，说别担心我，快回去吧，晚了宿舍大门就关了。你说没事，如果太迟回去，就叫宿管阿姨开门，最多被她说几句，没什么事的。

后来 PERRY 打电话过来，说他回来了。我看了看时间，已经凌晨两点，你竟然陪我到这么晚。出店门时，夜凉，海风刮来，你的头发和裙子都飘了起来。我用一只手抚了一下你额前被吹乱的发丝，一只手背在身后。你看着我，似乎希望我能把那只手伸过来，双手抱住你。但我没有，一脸迟疑。你说，好吧，我知道，天太热了。

我一直都是个不太主动的人，所以，到你选择离开，我也没有说什么。

之后每年到鹭岛，我都会一个人走到那家饮品店，但不敢走进去，怕看到我们坐过的桌子、那款点过的芒果冰、那台有雪花闪烁的电视机，就想起你。

刮风的时候，学校里一树一树的莲雾被吹得满地都是，还很青涩，只有顶端带着一点红。路上行人很多，没有人去捡，因为这些栽在路边的莲雾树平日无人前来悉心照料，结的果实又小又酸，不好吃。

想起在西大读书时，深秋银杏金灿灿一片，风一吹，扇形黄叶便跟杏果一同坠落，在地面上堆叠。杏果，个头不及莲雾，但洗净后风干，煮炖，活血益脑，敛肺气，定喘嗽。

天气突变，冷风似乎把人从夏天带到秋天。出门前，我想找一件长袖——以前见你时穿的那件，我不知道自己为什么要带着它漂洋过海。

找到后，发现一颗扣子快要掉了，我从楼里的女生那借来针线，想要自己缝。细线对准小小的针孔，要穿过去的一刻突然又偏了方向。我不肯放弃，又试了几次，终于刺到了自己的手。血滴急着跑出来，双眼有些红了。

我很笨，全世界都知道。

多希望你在，能为我缝一件衣服。

窗外，风推着风，叶子沙沙飘落，如急雨。路上没有人。

光阴恨长，见不到与你并肩尽头。

在风中，我们被吹回内心深处，旁观世界，想起那些容易被你我遗忘的事物，它们如伸缩的潮间带，在我们的脑海里潮涨潮退。浮光若梦，心上是自己道不明的悲欣交集。

只听见少年模样的你，站在光阴那头，一遍遍问我，是否还记得肩上的风……

梨花无言只顾白

春天一到，窗外便时常落雨，整座城市都被雨水困住。

清晨，我路过小区花园的时候，看到南墙边睡了一个冬天的紫藤又发新枝，枝轴上花蕾遍布。四周的瑞香、棣棠、三色堇、金盏菊都开花了，以前你在的时候，我不知道它们的名字，现在我能说出它们的名字了，你又不在，真有意思。

这个季节，傍晚出门，空气仍有些凉，植物冒着风寒，都战战兢兢长着，身上的绿略显脆弱。待日子暖和，它们的胆子才大起来，不管昼夜，竞相吐出憋了许久的颜色。

我一直是个不懂得照顾自己的人，大大咧咧，对早晚温差不太在意，等感觉冷的时候，才知身上衣物单薄，喷嚏打个不停。最近一次感冒，前后折腾了十天，才好起来。但一好，又不记事，真是坏毛病。但有一些事，我始终没有忘记。

在一个春天的午后，途经一处废弃的农舍，门外有棵梨树开满了花，朵朵都像是前世未曾消融的雪，堆在今生的枝丫上。因为手中相机已无电量，无法拍下它们，我便遗憾离开。但你知道，我不会放弃。

后来，又独自去见了那棵梨树，仿佛是带着见你一样的心情踽踽而行。

那日天色并不晴朗，走到半途，天阴欲雨，我迷失在荒村当中，抬头望去，墨色云雾自远天飘来，不由加快了步子。路远林深，自己终究还是凭着好运气，赶在下雨前找到了花树。

满枝皆是如云如雪的梨花，铺得春天格外清白，人心也在这白里浸染着，好像所有的过去都可以省略，少年又踏春风来，衣襟沾满清清淡淡的忧喜。梨花花期很短，隔了两天，就无当初那般绚烂景象，仿佛它们一瞬便将落尽一生。

雨还是跟来了，先是落下一两滴，随后风雨晦暝，世界变得混沌起来。

我打开伞，为低处的一簇花枝挡住雨水。你会看到吗?

看不到也没关系，让我替你看见。

我时常都在心里感谢你，没有把我暗恋你这件事告诉别人，让它只成为我们俩的秘密。它如梨花的颜色，在阳光下白到透明。

你在鹭岛工作，生活，骑车，看海，已经七年了。知道你性格开朗，能把一切安排妥当，所以在这七年里我从没担心过你。

与你同桌时，最喜欢的也是你的性格与心地，其次才是你的样子：白皙的肤色、清秀的眉眼、纤细的手指、假装生气时噘起的嘴。这些总被我反复记起，还有你嘴角当时频频洒出的笑声，仿佛能点亮我的未来。

高二分班后，我们不常碰见，但我天天都想见你，因此连累了别人，也害苦了自己。

找你班上一个同学做朋友，目的却是可以正大光明到你教室里，看你。有时仅仅只是坐在班级后面，能看见你的背影，整个人就很开心，像得手的小偷一样窃喜。有时也会难过，见你不理睬我，只顾着跟其他男生聊天、打闹、一起回去，我就很伤心，整个人就像丢了魂一样，路都走不好。有几次夜里回去，我都摔了跟头，膝盖、手肘磕破，伤口很疼，我忍着，灰溜溜回了宿舍，这些你当然不知道，而我也不想你知道。

高三时，我从学校搬出，住在附近的小区里。当我知道你也跟我租在同一栋单元楼时，觉得上天太眷顾自己了。此后，我每天早上都要提早半小时起来，为了在这腾出的半小时里能够等到你。我把电梯按到你在的楼层，电梯门快关上的瞬间，我又旋即按住，一遍又一遍，直到你出现。

也是通过别人了解你的世界，知道你喜欢梨花。春天到来时，我就爬上学校后山，满山遍野寻找。山上花树绵延，莺莺燕燕，但极难看到一棵梨树。

实话告诉你，其实我以前也没见过梨树，只知花开为白，仅凭这点我就翻遍后山，终于在一处角落，看见了满树白花。我兴奋跑去，折下一枝最好看的，带回家。

是在你晚自习结束后，我摸黑到你班上，把花放到你的抽屉里。保安提着手电筒来巡查，我生平第一次钻到讲台底下，全身瑟缩着，心提到了嗓子眼，脑子里想着如果被抓到，即便被当作小偷，我也不能提起你。真怕自己的喜欢会给你带来麻烦。

也是到后来才知道那一晚自己“视死如归”送出的花并非梨花，而是李花。它们颜色相近，但梨花花瓣洁白丰润，花蕊颜色深，略带点红色，开到快谢时会变成胭脂红；而李花花瓣没有豁口，树皮也没有横纹，花蕊颜色较浅，花瓣、叶子都细细小小。你一定能够分辨出来，也一定在看到李花的那个清晨感到困惑，然后偷偷笑出了声。

我就是这样的一个男孩，又笨又傻，喜欢一个人只懂用蛮力，不动脑筋。如果现在你知道当初这一场又一场的喜剧都是我主演的，会不会把肚子笑疼？

那些被当作梨花的李花早已在时间碾压下不见踪影，下次碰到你，我会给你一枝春天真正的梨花。它们此刻在阳光下盛放，风起，便飘落一些。偶尔落到我的肩上，像一个吻活在那里。

从我暗恋你的那刻算起，到现在，已经十年。高中毕业后，从没想过有一天自己还能与你再见。所以今年春节在航城公交站前碰到你的瞬间，我整个人如在梦里。

你我对望刹那，目光已不像从前那样单纯、清澈。我们是两把原本串联在一起的钥匙，分开许久后又碰到一起，发出熟悉但生疏的声响。

你问我过得如何，我说好或不好似乎都与你没有关系，只点了点头。顿觉在你面前，我的羞赧仍与昨日相同。曾经日思夜想我们相逢的情景，会说什么话，自己应如何面对你，不断反复练习，但到现实里却一一失灵。我始终不是演员，无法在你面前从容表演。

面对你的转身离去，我能做的也仅是站在原地目送你。

十年前，我暗恋你，但没有告诉你。十年后，依旧如此。我是一个你永远都无法喜欢起来的小男孩。

大学毕业后，我们都各自在烦冗的生活里兜转，在炎凉的人情中周旋。少年时，仿佛能与宇宙抵足同眠的赤子心日渐缩小。有过的时光，像山间流出的清水，淌过无人涉足的角落，喂养出一片湿润的青苔。

此后的一生，我们的时针被一双大手拨快，生命的城池里住满陌生的面孔，他们像云，也像是雨，快快地来，又匆匆地走。

加西亚·马尔克斯说：“生命中曾经拥有的所有灿烂，终究都需要用寂寞来偿还。”

那时暗恋你，是我一个人的灿烂，而现在，我所拥有的也是一个人的寂寞。

如果时间可以允许自己再次选择，我一定不会选你作为心里第一个喜欢的人。那些惊心动魄的时刻，那些暗自哭泣的岁月，都希望与你无关。

可惜已不能。

一个人如果踏上了爱的单程旅途，便没有未来，也听不见回声。爱对他来说，是永远的朝露，是无言，是怀念。

是心上千树万树的梨花，悄然绽放，再也无法收拢的白。

缘浅缘深，如溪如河

天还未明，雾气弥漫。我在机场等待航班间隙买了杯热饮，是你喜欢喝的红茶。以前看着杯中茶色，整个人就感觉到暖，好像被人拥抱一般，现在心头还是会有这样的温度，但相比过去，已经疏淡很多，或许是因为你不在的缘故。

身边旅客逐渐多起来，灰色的大衣、略显蓬乱的头发、飘忽的眼神……脸上散发出刚洗完脸后洁面乳的味道，相比于其他时段的乘客，坐早班机和深夜航班的乘客要显得憔悴、窘迫、忧心忡忡。他们没有梳洗打扮的时间，像被推挤的棋子在棋盘的某一点上落定，又即刻被掷于其他地方，没有一点可以商讨的余地。而我亦是其中一员。

机场外，是一望无际的野地，草木枯槁，远处一些建筑在逐渐亮起的日光里轮廓欲现。夜与昼交替的边缘，像混沌初开时的缩影，人陷入其境，不知吾心之乡，如同呆立梦中。

你发来一则短信：“你要启程了吧，我来不了了，你自己好好看日出。以后，各自保重。”

独自面对这样一场日出，非我所愿。

曾有几次，我们爬凌晨的山峦，看远方海上绮丽的日出，并肩而行，彼此依靠，在等来的红晕中雀跃欢呼，此生难忘。我想到村上春树《1Q84》中的一幕场景，青豆一面聆听音乐，一面想象拂过波希米亚平原的悠缓的风，“当时，谁也不知道将来会发生什么。”

我们来到此刻。你应该刚从床上爬起，匆匆洗漱一番，把猫食放入盘中，自己咬块面包，换上皮鞋就出门了。你开车，在我们熟悉的马路上行驶，经过多少红绿灯，穿过多少街道，看见多少装潢风格相近的店铺，车水马龙，人潮涌动，你都如数家珍。生活仿佛一成不变，只是不知道是否有人会注意到，你的副驾驶位置上已经没有人。

旧物存在的意义无非是提醒我们，过去不曾终结，它依旧在某个维度上进行。我们在一个不经意的瞬间，以局外人的视角窥探那个维度上的吉光片羽，禁不住为曾经有过的时光潸然泪下。

“有多久没见你，以为你在哪里，原来就住在我心底，陪伴着我的呼吸。”

男女世情，都融在歌里，曾经不理解，现在知道了，却也晚了，真有意思。

近十岁的年龄沟壑，衍生出彼此对事物、人生及世界的感受截然不同。刚在一起时，双方有过天真的想象，以为爱能填补时间谷地，最后才知爱之无力，输得彻彻底底。

阅历、角度、个人好恶皆有出入，似两块总也不能嵌入彼此的拼图，附带着争吵、冷战、愈发无味的关系被丢入深渊，无法拾起。所以不要贪恋故事开始的感觉，而疏忽了过程的艰辛，它美，亦虚妄。

缘分深浅，犹如溪河，终会分流，各自欢喜。

而我承认，分开后，自己仍然没有勇气舍弃有你的记忆。过往已是人去楼空后徒留的残垣断壁，一方无法重建、修复的旧址，所有与你度过的悲欢都葬在里头。你或许很快会忘记它，像昨夜饮酒千杯的人，醒来后又回归平静生活，记忆仿佛被抽取出来，翻晒于烈日下，挥发，渐少，几近消失。但我不能，我太恋旧。淡忘嫣红朝暮，于我而言，不是件容易的事，它甚至需要花费我余生所有的时间和力气。

你曾经手抄的书摘，我还放在行李箱里，偶尔拿出来翻看。瞥到兹比格涅夫·赫伯特的一句“如果失去废墟，我们就一无所有”，昨日的雷声不曾远去，心中仍有余响。

一日与你在深山中寻鹿，山路蜿蜒回环，半途忽遇天阴，随后雷鸣怆然，大雨瓢泼而下。我们在沿路寺庙的屋檐下躲雨，彼此紧挨。我的衬衫湿了，后背清晰可见，你抚弄着湿透的发丝，说我肩胛骨真好看，像座微型的山。呼吸，声声在耳。

阵雨很快过去，积雨云往远处山头飘去，空气清新而湿润。你站在原地并不打算走，我问你原因，你说喜欢看从屋檐落下的水滴，它们积攒到一定重量便朝低处坠下，那么晶莹透彻，果敢决绝，不顾一切。

你抬头看，我便低头瞧，瞧你沾着泥巴的裤脚，瞧你帆布鞋上的雨迹。山河壮阔都不及你低处的风景。那是你身上的一座岛屿，在森林草间隐没，在日出海上漂浮，作为我们所经路途的承载物，生长记忆与爱。

临行前一天，又温习了一遍山路，只身造访，发现景致与从前迥然不同。上次来，你在，是夏日；这次来，你不在，白霜覆上荒草，片片秋凉，不见人烟。陋寺像远离红尘的老者，安于此处。我站在屋檐下，望着周遭一切，清晰而绯红的夕阳沉入山腰，光线渐渐暗淡下去。起风，一群鹭鸶从泽间惊起，扑翅飞走。眼前大地，再无动静。

突然意识到自己孤独的处境，天地之间只有我一个人了，真够寂寞。但又极爱这荒凉的感觉，它让我感觉到自己仍活着。

准备往回走，低头发觉鞋尖已不干净，有水渍和尘土。

“有回忆的人，总是无法走太快。”

因为你年轻，我可以纵容你放肆，拥有自己的空间，甚至可以忍受你去爱更多人，犯错，然后向我保证下不为例，但，你的下次永远没有终点。而我不再年轻，面对你，已经精疲力尽。这世上有太多捆绑我们的绳索，怪我没有能力，将其一一斩断，索性就放你走，给你自由，这样谁都轻松一点。

有过的深情，交给流水，几乎愚昧的天真，交还过去。云来云去，好自为之。

“尊敬的旅客，您乘坐的航班现在开始登机……”机场广播响起，旅人匆匆排队，像一个个机器部件进入管道，然后钻进飞机腹中。

手机关机前，最后一次给你发信息。你此刻应该正坐在办公室里，像往常一样冲了一杯速溶咖啡，然后开始整理报表材料，对于我的离去，你毫不在意，这让我很放心。

飞机飞离跑道，在城市的上空划出长长的轨迹云，希望你不会看见。

“此生勿念。”

再见，向日葵姑娘

山上天气变化无常，清晨出门日头还如寻常模样，而此刻竟下起豪雨。

远处村落见不到清晰轮廓，而近旁的一亩向日葵地也被大雨浸透。花朵耷拉着，如同记忆尤深的一张脸，经过时间的搓揉、碾轧后，只沦为褶皱遍布的纸面，贴在过往残垣上，风吹得有些大时，边角便不断战栗、翻卷。

想起数年前，与你在台北相识，也是在一个大雨倾盆的日子，你我同在一片狭窄的屋檐下避雨。你垂肩的发丝上滚落滴滴雨水，滑向手中的素描本，某一页又被风掀起，我看到了画里的几株向日葵。

于是我猜想黄昏的时候，学校交换生公寓不远处那个坐在石台上专心画画的女孩就是你吧。那个云霞绚烂的傍晚，鸽子在天空不断回旋，石台边的向日葵地在晚风里摇曳，像火焰一样明艳。你白色的裙摆也在飘荡，周身都带着清澈的光。

我撑着雨伞，悄悄把伞倾到你那头。你觉察到，就往伞面外挪步。我又靠向你，把伞继续倾到你那里，你发现自己再往外走要到雨中了，便不再躲，最终还是站在我的伞下。你没有说话，白皙的面颊像石膏做的雕像一样，沉默、严肃，而我始终想要温暖你。

后来雨势渐小，我们开始说话。知道你是个喜欢花草的女孩，尤其是向日葵，你说自己也想像它一样朝着光倔强生长。我一面看画，一面看你，眼里有星辰，也有雨滴。

雨过天晴，日光如新生的一般干净，我们在小路上奔跑，我看着你带着光的背影，在潮湿的空气中游移。我循着它向前，总觉得沿途都被你照亮了，自己不会迷路。

你太喜欢向日葵了，你说你想画遍岛上各地的向日葵。去过桃园，走过淡水，又只身去苗栗，在农舍旁，在田垄间，在山林里，只有看到这些花，哪怕只有一株，你都会拿起画笔细细描摹，上色。

一次，听人说新北投有一片葵花地，你就想即刻出发，我问可以带上我吗，你思索再三后，说，可以，但不许缠着你说话，不准打扰你画画。我点点头，心里笑你傻。

可惜，我们找到的那片花田已成了建筑工地，能看到周围星星点点散落着一些花，病恹恹的模样，太像衰败的生活。我们有些丧气，走到了附近的温泉博物馆。许多人穿着拖鞋在榻榻米上走来走去。我们坐在地板上小声聊天，多数时候都保持默契，没有言语，毫无知觉间人群悄然离开，剩下我们两个，仍然静坐。

夕阳的余晖照着你的脸，像金色的河水在流淌，你的唇是船，你的鼻梁是山峦。

再来新北投时，我一个人在临近温泉博物馆的路边站了很久，犹豫再三，最后还是没有进去。

曾经看过的松樟、枯山水，坐过的榻榻米，仿佛一片塌方的宇宙，不断碎裂、消逝，成为星星点点，嵌入心里暗处，如果不去认真想起，便绝对不会有任何感知。

沿着略显曲折的道路漫步到山顶，本想俯瞰底下的城市，却望见一片灿烂的向日葵地。想起曾和你寻找的那一片，或许是它，而我们却都错过了。

有人在离花田不远的山坡上铺着餐布，坐在那里看风景。一旁的槭树上偶尔有叶子被风摇落，搭在人们肩头，人们过了很久才发觉，然后轻轻抚去。

我也是后知后觉的人，直到你离开一段时间后，才确定我们真的分开了。我记不清我们如何走到这步田地，如果问你，你恐怕也忘记了，你一直也是个记性不好的人。在遗忘这项本能面前，我们每个人都很平等。

那年夏天的火烧云似乎能一直烧到世界尽头。我们去花莲，火车在山与海之间穿梭，形同上岸的游鱼。你我靠窗对坐，你有时看书，有时画画，而我在小声哼着一首首你喜欢的歌。

一边窗外是连绵的青山，一边则是无垠碧海，天空也很绮丽，两股不同的云气相互交织，像天欲雨，又若天将晴。我们处在万事万物的中间，像透明了一样，过往烟波浩渺远去，未来前程也暂无踪迹。

我对着你唱《野子》，又哼起《人海》，在心间记下你低头的每一个瞬间，像有风从你那儿来。

抵达青年旅舍的那一晚，你生病了，身体有些发热，整个人异常疲惫。同住的大陆朋友拿来一些药片，你服用后，说自己很快就会恢复，让我别担心。而我始终不放心，想守在你身旁，用手心拭你的额头，握住你的手，感受你的温度，时时刻刻。你却让我回自己的床位休息。

我深知你如葵花般倔强生长的脾性，知道自己拗不过你，便在确定你烧退去一些时，我走到你对面的床上躺下，但目光始终还留在你这里。

病好后，我们一起骑车到七星潭，路上我怕你受风寒，要你骑慢些，你不听，几次都骑到了我前头，我知道这就是你想要的自由。

你坐在白沙上，说花莲像你久违的故乡，这里的山像，海像，道路像，人们像，风里的空气像，连内心感受到的空旷、宁静和忧伤都很像，如果海边有一亩向日葵地就好了，那些花儿一定能在海风里长成自己期待的模样，变得茁壮、强大，足以抵抗世间风霜。

我知道，你是想到了自己。每一株朝着艳阳绽放的葵花，身后都带着一道长长的影子。

父母的离异、家庭的变故与随之而来的压力，让你告别曾经简单、快乐、柔弱的自己，逐渐变得淡漠、要强又心事重重。

你像一个坠入幽暗宇宙的女孩。

许多时候，我都觉得我可以到得了这个世界的任何角落，但唯一无法着陆的，是你的心上。我总是对自己说，要理解你，包容你，这样一切都会好的。但你心中的城池太过坚固、封闭，让我望而却步。

在文具店里给你买画笔颜料，永远都买不到你要的颜色。

在餐馆里点菜吃饭，你永远都是 AA 制，不想欠下别人一蔬一饭，我几度想要抢着买单，都被你当场拦下。

过马路时，我想拉住你的手从斑马线上走过，你都无动于衷，那双手似乎永远不会抵达我的掌心。

在宿舍楼前数次分别，我们从不拥抱，你给的理由是自己不会这些煽情的伎俩，觉得两个人之间还是得有必要的距离，就像两朵花要想长得好就必须保持距离。这种距离并不是疏离，而是一种双方冷静的观察。

我表面总是说好，我明白。但内心却异常渴盼你能有一次“破例”，为我“破例”，可惜从未有过。你总是以沉默代替所有。

或许我还不是你觉得可以真正爱的人吧，而我渐渐也不知道如何去爱你。

你永远都是一个散发强光的女孩，在父母离异后便如此坚强地生活，不容别人对你施加一丝同情、怜悯的目光。在你娇弱的外表下，内心果决而坚毅，过分追求平等与自尊，不迁就于任何一个人而改变自己。

而我，也终于失去了你。

在这片没有硝烟的情感战场上，我再无耐心与你僵持，分开，成为一条路，我们各自沿着不同的方向走，这样对谁都好。

离别后也曾有几度，午夜入睡，梦见你在一片绚烂的向日葵地中舞蹈。

晚风阵阵吹拂着，花田如金色的海浪翻涌，你白色裙摆飘飞，鸽群在你身后翔集，又离散。你仿佛在独自跳着末日之舞。我靠近，试图触碰你，你顷刻化为星星点点，而脸上表情一如往常冷寂，全然不知自己处境。想起向日葵的花语，是高傲，是沉默。看你背影四散，我的长梦很快抵达了尽头。

此刻，我来到盛开着向日葵的地方，大雨滂沱，远远传来一声闷雷的轻叹。仿佛一个透明而庄重的吻，落在大地上，落在一个离人的额头。

我们此生交集就此疏淡，是你的一句无言，我的一句沉默。

这是告别的时刻，我要跟你说声再见，并学你那样倔强地不回头。

等我成为英雄那天

过了二十五岁，人很容易失去对爱情执着等待的耐心，碰不到喜欢的人，索性就顺从年龄的游说，嫁给物质和生活。爱一个人倒成了其次的事情。

说实话，我很感谢命运。在我即将要放弃爱情的时候，它安排你来到我人生的舞台中央。我们相遇，如跳探戈，掌握的步履节奏旗鼓相当。

你身上寄居着一个孤独的幽灵，像夜里频频闪出白光的刀锋。我喜欢你笑的时候，天上的白云飘得很低，柠檬树上的叶子被光吻得明亮。很多时候我都觉得自己路过你世界的使命，是使幽灵晚一点、慢一点伤害你，吞噬你。我相信我们的共同努力可以使它退出世界，你将时刻明媚，如太阳的女儿。

毕业前的这年冬天是我们的分水岭，爬过白雪覆盖的绵延山峦，我们就走到了青春渐逝的二十五岁。这一程，我走得分外小心，但还是不知道在哪个瞬间竟然把你丢了，而你，也终于丢下了我，在雪中另辟新路。

我们都轻视时间，小瞧现实，疏忽对方，只顾一个劲儿踩着脚下的路途前行，听不见彼此心底的声音。突然一次转身，发现身后早已没有对方的身影，只剩天涯漠然与自己对望，云烟穿过了人间树梢。

我现在一个人住，从北碚来到合川，搬了新家，但房间里却仍然散发着过去你在时的气味。

和你有关的物品：衣服、相框、枕头、台灯、明信片、杜拉斯的《情人》、夏目漱石的《我是猫》、空的香水瓶、只写了两三页的笔记本，甚至还有那瓶没有用完的家庭装沐浴露，我都带到了这里，像领着一个个小小的你来这儿。

我是个恋旧的人，即便努力学习收纳的能力，但面对你的所有，我却无力承接与贮藏，没有出息。

我时常会在你喜欢的明信片背面，写些字句。未来，我想自己会给你写下很多信，虽然每一封你或许都无法看到，但我仍然愿意这样写，像自说自话，却乐此不疲。

一直记得鸽子钻出柠檬树的那个早上，我为昨夜无意间打碎的一面镜子而苦恼。你走到我面前，对我说："你以后都不用再找镜子了，因为你是我，我也是你。我们是两面可以相互观照的镜子。"

所以此刻我写信，瞳孔里出现的一行行文字，你也是能看到，能感应到的，对吗？原谅我始终没有聪明过，依旧喜欢骗自己。

你离开后，我心上再没一个人来住，空荡荡的，前后涉足于此的是一个个寂静而悲伤的黎明与黄昏。

从前的记忆像一颗巨大透明的弹珠，在这些旧物陈列的房子里横冲直撞。我们最好和最坏的时光在这里，我们有过的不幸与努力也在这里。

我一直都不想承认一件事，那就是你太保护我了。我与你岁数相仿，但显然在你那里，我仍旧像个孩子。

你时常关心我，照顾我，为我温热粥，为我缝破衣，为我挡过秋霜与冬雪，你身体瘦弱，肩膀单薄，却为我改变太多。而我后知后觉，木讷，迟疑，某种意义上，已经失去了自我保护的能力，是不是要怪你把我惯成这样？

好像也和你谈过未来，异常坚定、眼神明亮地说，等我长大，我会保护你，照顾你，带你周游世界，吃遍美食，我要做你的英雄。你说，好啊，然后笑出了声。那个夜晚，我们在海边旅行，风吹乱我们的头发，星辰斑斓，在不远的地方，有一座灯塔，是世界频闪的眼睛，可惜只有一只，另一只眼睛在哪里？你这里，或者我这里。

也想过在这夜中，如果我们中有一个人迷路了，最后一定可以找到彼此。

我相信这世间每一条道路都会把我带回你的身边，你始终是我的终点。

我们住过这世上的许多房间，有的大，有的小，有的高档，有的廉价，而这些无关紧要，重要的是，你在场。

十月，我们住在灵隐寺附近的茶园边上，天空很蓝，气温是二十三度。打开窗就会看见衣着朴素的采茶工，熟稔摘拾着梗上生长到一定周期的茶叶，表情专注。抵达季节的边缘，在一处陋室旁，我也想为你采摘雨后的新茶，泡上，端给你。

我们那时没有什么钱，但有爱，能抵世间千金。

身边的朋友经常替我们感到可惜，其实他们都太沉溺在别人的忧伤里，在自己杜撰的真相里自得其乐，以博得平庸生活中的快感。我们在一起多久了？分开后是否还会想念对方？这些都是没有必要深究的问题，因为答案已无意义。

关于你的离开，我明白其中原因。很多人在一起并不为了要过一生，只是为了陪伴对方成长，到某一程，然后像完成使命一样，在某个时刻悄悄走开。时间，距离，性格，物质、身份的匹配度，情深缘浅，都是其次原因。

跨出学校大门，进入社会后，我们感情的列车到站了，每个人都需下车，做自己的事，为自己活，然后再于某天登上人生另一程的列车，遇见千万人，但身旁已是真真切切没有你。

我们平和离开彼此的旅途，在七月将至前，放干内心深处的湖泊。为了让对方好过点，我们必须忍住悲伤，假装岁月风平，雨水未来。

你说我身上的孩子气太重，以后会吃亏的。确实，曾经在你面前做的种种事，说的种种话，都充满了我的天真、童稚和乖张，你欣赏我，谅解我，包容我，说这其实也是你喜欢我的原因之一，但喜欢是个容易过期的词，终于在许久过后，你洗掉了橙汁沾染的领口，擦干指甲上的颜料，干干净净走了。但毋庸置疑，你仍是个好人。

我的成长来得太慢，成为英雄是我的漫漫征程，你等不到就离开，说不恨你，有些违心。但很奇怪，我恨的并不是关于你离开这个动作，而是你走后我人生中留得太长的空白旅途。

一个人在房间里度过每分每秒，像度过了一生似的。

不要怪我无聊，我又找出你从前写给我的信件，还有信里夹带的干花、薄荷和贴纸，这些事物老实交代了你柔弱、童真的过去。于是我在想，你是什么时候变得如此刚强，如此周全，还是说仅仅是装出的成熟？

随之牺牲的，是你的笑容、你的理想主义、耐心和眼泪，真的，和你待久了，发现你已经都不会哭了，哪怕有时我故意气你，你都将难过、抱怨收起，不给我看了，呈现在我眼中的是你日渐平淡、没有线条起伏的脸。这就是成熟吗？如果是，那我真不想要。

时间过去这么久了，我仍是个男孩，在倔强的表象下，心地还是一片柔软潮湿的泽地。

曾跟自己说，你离开后，我面对生活，要更加勇敢些，像个男人，但每次翻起房间里的这些旧物，仍然不争气地在使着矫情劲儿想你。你说，有人会理解这样的感情吗？好吧，容我这样自言自语，反正还有时间可以浪费。

才看见你最后一次给我写的信，信里最后两行写的是："我始终爱你，即使有天分开，也不要怀疑我永远爱你。"以前我怎么都没看到？

那会儿自己在忙着找工作和应对毕业论文的事儿，竟然连看你信件的时间都没有，以为每一封都是跟过去一样的开头、结尾，唯一不同的是中间你所经历的日常琐事。看来我真不是个聪明的人，你离开，很对。

想说一点，以后给别人写信，不要轻易就签上“永远”这两个字，它会像绳索一样一直捆绑着收信人，比如此刻的我，还在想象着有一天你还会回来，还会来到我的身边。

我也因此无法释然，无法放手，像个陀螺在你走后原地打转，不曾停过。是不是很厉害？如果你知道了，真想你能对我的傻笑上半天。

有天晚上，我给学生放电影《大话西游之大圣娶亲》，全程我都没有像平常那样站在讲台上，而是站在教室后排，并且背对着屏幕。

之所以这样，是怕想到你。黑暗中，过去朝朝暮暮如电光火石扑来，而我无处可躲。

以前跟你在学校电影院看过这部片子，出来时，你模仿紫霞的口吻，笑着对我说：“我的意中人是个盖世英雄，有天他会驾着七色祥云来娶我。”那天晚风轻轻吹来，我突然有了自己想要的未来，成为一个“盖世英雄”。

此后我认真努力做事，寻找机会改变现状，但兜兜转转仍然无法逃离平凡日常。

毕业后，从事的工作极其普通，整日安分守己，备课、上课、处理部门事务，像个物件被推向流水线，并反复进行同样的工序，没法呼风唤雨，无法改变世界。我成了庸庸碌碌社会中的一个平凡人。

“那你就好好等着我成为英雄那天。”那天夜里我回你的这句话，现在想起，真像颗投进深海的石子。

我还能捡起吗?

青春的鹅绒幕降下，才知道人生是一一妥协、一一放弃的过程。

我们丧尽力气，停驻在漫长马拉松的中途，双手撑着膝盖，气喘吁吁，像条狗。世俗、现实就在这时乘虚而入，占领我们的国，逼着理想退位，狼狈逃亡，我们屈服了，我们投降了。

也确定了一件事情：你等的英雄不是我。

想到某一天我们终老也难能再见一面，我就瞬间像患了伤风般难受，世上再无新鲜事可以触动我，我住在被时间凝固的琥珀内，你不来，我就出不去。

感谢我们路过彼此的世界，观看了各自的演出，很精彩的一出剧目，主题丰富：遗憾与悔恨，怀疑跟体谅，不舍和再见，贯穿始终的，却是爱。

说实话，我曾想过有天所有的障碍都已克服，我们走到人生尽头，并肩搀扶，自然白头，不用靠场雪落。可惜了，现在只能把这些想象放在这里。后来人如果看到了，真想让年轻的他们代替我们笑，代替我们走，代替我做完一场英雄的梦。

你是美人，是江湖，是滚滚的红尘，也是我想舍下刀剑、披起蓑衣的四季山林。

想在我们曾活过的地方再想一遍你，看傍晚雨停夕阳又斜。

在被洗过的黄昏里，水滴从柠檬树上淌下，落到你的鼻尖，滑向时间的深处。

烟花渡口

我常在零点过后变得异常清醒，像一头渡过忧伤河流的犀牛重新活了过来。

此时手中如果还有没有处理完的事情，我也会搁置下来，熄灯，让整个房间浸入夜的海水。书架、台灯、衣橱、冰箱、跑鞋……身边所有的物品都在漂浮、沉没。我也成了一艘船，渐渐沉入深海。

在这坠向海底的过程中，我并不恐惧、躁动、失落或忧郁，心里反而充满了一种久违的回家的感觉，就好像在这寂寂的夜中突然有了一条路，直抵我生命中无法回去的某处，那里有生活欢乐的肋骨在扭摆、响动，有牛奶蜂蜜热气氤氲，有被风翻开并熟读的朝朝暮暮。

这段时间反复在读余华早期的作品《细雨中的呼喊》，印象深刻的一个细节是苏宇把手搭在孙光林的肩上，跟他说：“其实当时我想抱住的，是你的肩膀。”

大半夜，在泛黄的台灯下看到这一行，顿时觉得这夜更冷清了。身旁没有一个人，房间太过空荡荡。被褥凌乱堆于床上，起伏成山丘的模样。饮水机桶中的一个闷响，像暗中巨兽打出的饱嗝。

许多次午夜，只身站在窗前，问自己是否只是上帝衣角上的一粒沙，又常常设想在夜的丝绒幕布后面，是否灯火辉煌、高朋满座，所有人正期待我的上场。我一旦离开了这黑暗，是否还有饱满果实般的安全感，当我投入看客的视线，完成他们期待的表演，是否意味着对自我的离弃。

喜欢深夜审视自己的人，容易靠近内心的神明。正当我冥想间隙，窗外有人突然放起烟花，我看了看时间，已经零点二十三分。孤独的人在这样的时刻，会感觉世界就像他一样孤独。这明明灭灭的烟花是一处渡口，沿着它望去，很快就看到了归船，载着年少的自己。

也是在一个容易孤独的年纪，除夕夜，我独自站在房顶看烟花。家人在屋内因日常琐事吵架。我避开他们来到房顶，在一声声巨响里努力忘记那些不愉快的画面，到了零点给你发了短信，只打出简简单单的“新年快乐”四个字，怕写多了，你不会回。

那个夜晚，烟花、爆竹像暴雨一样冲刷着我的耳朵。黑暗成为潮水，逐渐升高，淹没我的膝盖、胸膛、嘴巴，我伸出手，好想你能拉我一把。

你说，烟花绽放成灰烬并非一桩悲剧，在我们看不到的地方或许它们正在好好地活下去，成为泥土，长出花草。

那时你还在我身边，我们冒着凌晨的寒风爬上山顶，四周空气冷冽如刺，似乎是从没关严实的巨大冰箱中放出。我们战战兢兢点燃了第一筒花火，两个人像疯子一样手拉着手边叫边跳，你的发丝随风四散，我的衣领歪歪斜斜，黑暗归于沉寂的那一刻，我们拥抱在一起，脸上是此生难以忘记的笑颜。夜中潮湿而明亮的月，垂在我们睫毛下。

可这一碗热汤终究还是在入口时凉了，时间在我们的眉尖都刷上一层风霜。我们花了那么多的力气与凉薄俗世对抗，最后只因距离作怪、我的一句过失、你的一言不合，至此分道扬镳，是不是太过可惜？

也曾午夜抵达你的城市，在机场附近陌生的酒店里等你到来，你未曾赴约。我想起很多你跟我相处的场景，拉我的手逛过的街、买过的零食、看过的电影、吃过的夜宵，很多傍晚我们出来的时候，总有鸽子在头顶回旋，很奇怪，每次跟你在一起，总觉得天气都很好，即便是下雨天，也都成了好天气。

失眠的列车继续载我驶向凌晨空荡荡的腹部，我像颗融糖，任凭回忆消化，酸涩胃液沾染我，稀释我，从未有过的恶心，源自漫长的空虚。我走入浴室，洗完澡，用带着消毒剂味道的毛巾擦拭身体，也无法找回之前的味道。

你走后，我开始观察超市里哪一款洗衣粉经常打折，开始区分菠菜和空心菜，开始掌握糖醋油盐在一道菜中所放的比例，开始一个人坐车去很远的地方购置家具，开始联系曾经觉得没有交集的人，并定期问候他们，渐渐活得充满市井气息。

一个人住在一座陌生城市的单身公寓里，零点过后，忽然听见烟花绽放的声响，急于奔向阳台去看，膝盖不小心撞到了床腿，额头也重重撞向了落地窗，离开你以后，我是个浑身带伤又愚笨的人，总犯相同的错误，感觉一生都好不了。

去洗手间，被磕到的伤口一碰水，嘴角抽搐了一下，真真切切感到了疼，就像你离去那天背影细瘦如刀，在我心上反复刻画，没有规整的线条和图案，只有痛的感觉和轮廓。

再也没人深夜为我倒好温热的牛奶。

再也没人在雨天给我送伞，并撑开。

再也没人抚平起风时的窗帘，跟我说没事。

再也没人在我看书时把切好的水果悄悄放在一旁。

再也没人。

我曾表现出的倔强是假的。

我曾装出的事不关己是假的。

我的坚强、我的决绝、我的毫不吝惜都是假的。

此刻的脆弱为真，孤独为真，对过往的执迷为真，只是你再也不会知道了。

世事繁杂，容易让人彼此疏离，你以此为借口，浇冷了光阴和焰火。天空偶尔扬起过去的灰烬，像迷途鸽子的羽毛，升起，飘落，消散。我爱你，这件事再也不会与人说起，你也不会，我知道。所以我们都各自安心。

曾经我们给予对方那么多的时间去饮一季的雨水，去养一盆靠爱滋养的花束，去看一场盛大的烟火。后来发现天空由璀璨复归沉寂后，我们失散了，暗中谁也没抓住彼此的手。我们当初不想在爱里走过场，最后却走得从容淡定，异常凛冽。

往昔匆匆，如无船可渡的汪洋，我们溺水，成为世情里相似的浪花，涤荡向前，决绝无情。

烟花落下，送我来到黑暗的怀中。人生中欢愉太短，多半时刻是这孤寂肉身与前程未来做长途的对峙。该告别了，要再见了，一次次反复这样说，又一次次忘记，人总是这样不争气。

没有烟花燃放的夜里，黑暗如极速上涨的水流冲走身体内外的居所，我在微光中只看到你的长发，顺记忆的竹筏飘来，经过我等待的渡口，成全我的无望，即便这样，总有一些傻子仍保持着等待的姿态。

烟花碎片降落的过程，若黑色海洋中浮动的游鱼，有若隐若现的背，只是它们一翻身，便无法再翻回，时间给予我们太多深情去记忆过往，并不知烟花已冷却成灰，斯人再也不来。

记得那天最后一次看烟花，你的长发散溢在硝烟味道残存的空气里，我伸手抚去你发间夹杂的烟花碎片，像捡拾一个王朝废墟中的瓦砾。

一切都回不来了。

我忍住没有对你说再见。

寂夏

好像一觉醒来空气就热起来了，蝉声一阵一阵，被窗外来回穿梭的风带到四处，夹杂着树梢下老人们的掷棋声、婴儿的啼哭、扑打扇子的声音、广播里的歌声……经过空气的层层叠加和打磨，最后融合成几个关于夏天的关键词：喧嚣、烦躁、闷热和抑郁，当然一场骤雨足以使这些词冷静下来，让世界只发出一种声音，簌簌，哗然。

一整个夏天我都很少出门。我家很大，通风，阴凉，像一个巨大的“冰箱”。我在夏天所能做的事就是在“冰箱”里吃西瓜和冰棒，把自己彻底冷冻。我是一个喜欢安静的人，也是一个不喜欢流汗的人，所以做一个居住在“冰箱”中的人很适合我。幼年未上学时，我可以一个月不出门，只在家里玩耍，摆弄小木偶、画画或者看电视，那时还不知道孤独是什么，应该怎样写。这样的结果是，在我长大后，镇上的人都鲜少知道我是谁家的男孩。我喜欢运动，但我讨厌汗水，准确说是极端厌恶皮肤上冒出的汗粒蒸发后的感觉，如一条搁浅在滩涂的咸鱼。而我一直以来都想做一头鲸，穿过汹涌的人潮，游往海中央。

有时醒过来，觉得是到了第二天，但我妈走出厨房时疲惫解开围裙的动作却很清楚地告诉我这是将要吃晚饭的黄昏，而我在窗边看见的也不是日出，而是日落，虽然斜晖落在指尖的温度是那么的相似。

母亲是个劳苦的女人，张罗好饭菜又得走到房舍前浇花，喂猫。夏天的花草总像没有男人疼的女人一副焉巴巴的模样，低垂着头。我妈自然同情它们，拎起水管一个劲朝着它们加油打气。水花喷溅到四处，灰白的水泥墙壁一下子变得湿漉漉的，像下过雨一样。偶尔会瞥见暮色里的虹光，突然出现，又立即消失，短短的，如同生活里一段无法完整放完的插曲或者一些悄悄来过又悄悄离开的人。

我妈是个对猫咪特别好的女主人。她从来不会把剩菜残羹倒给猫咪吃，我们家吃大鱼，它就会吃小鱼，我们家要是吃面，我妈会额外给它煮粥。猫咪的进食时间基本与我们同步，有时甚至会先于我们，仿佛它是我的弟弟（我们家的猫是公的），但这厮却不乖。我妈给它喂食时经常都见不到它，唤几声也不见它出来，得用小铁棒敲几下它专属的金属食盆，它这才从别家的花圃里或者高处的屋檐上飞奔回来，异常淘气。而我妈却没生气，见这厮进食后用爪子擦脸的模样，乐不可支，急忙招呼我出来看，而我很少笑。不是因为自己不爱笑，而是当我看见微笑的母亲眼角有了深深的皱纹时，突然发现四十多岁的她真的已经不年轻了。

岁月伤害了很多人，鱼尾纹出卖了很多女人。

黄昏里，鸽群鸣啭着哨音，隐没于远处的房屋和电线杆之间。一路抖落的羽毛，像剪碎的白色纸花撒向大地。我听到收音机里一个 DJ 的声音，说：“夜色终将到来，街角睡了而路灯醒着，泥土睡了而树枝醒着，鸟雀睡了而翅膀醒着，山河睡了而风景醒着……世界睡了而你我醒着。”随后放起凤飞飞的《追梦人》，里面唱着“看我看一眼吧，莫让红颜守空枕，青春无悔，不死，永远的爱人……”

时间会刺破美人华丽的额角，我们却无能为力。

黑夜，如约而至。

前段时间去上海参加一个比赛，分在参赛者年龄都较大的组里，看着其他组里一个个如花的少年，才发现自己真的老了。

记得临行前，我爸问我：“真的要去吗？”我点头。“没奖金，又不安排食宿，车票还只能报火车硬座，值得你这样去吗？”我再次点头。其实我也知道现在的自己或许已经不需要这个比赛的认可，只是中学时遗留下来的梦还紧紧贴在胸口上，时刻会痒起来，我想让自己舒服点，所以选择前往。

去之前，我特地剪短了头发，露出光洁的额头和颧骨，在镜子前看见自己的脸瞬间变得好大，心里嘀咕着应该没有人会认出自己吧。在颁奖典礼上，还是有一些来参赛的中学生认出了我，害羞而拘谨地跑来要签名。他们捧着很精美的笔记本或者有我作品的样书，表情认真而诚恳，好像从前的自己。因为我写字难看，所以碰到这种时刻，我总是异常紧张，表情却又装作很淡然的样子，签了几笔，写了几句祝福的话，便开始把头低下。

你一直都很清楚我是这样的人吧。其实，我一直也在期待你会出现。你说过希望有天我能在西单的图书大厦开一场签售会，我期待某天我要签的下一本就是你递来的书或者笔记本，那时我会抬头看看你，你会一边红着脸躲闪，一边假装不经意地说："好傻咧。"再傻，只要有人喜欢就行。可惜，这样预期的情景并未出现，你像一颗消失的冥王星，离我越来越远。生活不断运转的轨道上，太阳走了月亮来了，花开了好几朵，我一直还是一个人。

我很害怕分别，一个人离开了似乎就再也不会回来。或许我不该这样悲观，但看着时间的轮廓逐渐模糊，一些人走了就真的不再出现了，特别是想起那年夏天在南京火车站与你告别，眼泪没有缘由地流了出来。很好笑吧，确实，我一直都是这么可笑的人。

小时候看见爷爷离开，然后又看到奶奶离开，身边的人一个一个少掉，而妈妈说他们只是去远行了，去找自己真正幸福的世界，找到之后就会回来。可我到现在也没见过他们回来，是不是幸福真的很难找到？

幸福只是生者对死者在另外一个世界的希冀。

我极少在朋友面前提及过你，当然偶尔说起时你也只是在里面扮演一个普通朋友的角色。我不想告诉他们有关你的一切，怕说完了你就变成光点碎掉了，一点一点消失了。那天你和我坐在深夜的长椅上，身边有来回走过的情侣。我们没有拉手，也没有拥抱，表情很冷，像花丛里滚落的露水。你说我们先做朋友吧。我半晌没说话。你说你会是一个很好的朋友。好啊，我点点头，没有看你的眼睛。做普通的朋友，不挂念彼此，各自经历新的生活，在一起或者不在一起都会变得不再重要，似乎真的很好。所以到现在我也没有更改你的身份，这是你的意愿，我一直记得。

那天夜里回寝室，走着走着，路好像被自己走长了好几段，之后发现，我竟然从 3 号宿舍楼走到了 13 号宿舍楼，你的楼下。一些女生刚洗完澡，她们在阳台上抚弄着湿湿的长发，飘出淡淡的青柠檬味道，一些女生在晾衣服，衣架碰撞的声音比白天小了很多，一阵风吹来，各种颜色的短袖、背心和内裤飞着。当然，我没有认真去看这些场景，因为我的心里还想着你。

到现在，我们已经好久没有见面了，彼此也都没了见面的勇气和期待，时间真的能把一个人漂白，然后变成纸页，放进一本我们似乎从未翻过的空白笔记里。爱情的开关，我们是在哪里什么时候按下“OFF”的？如果你不知道，我不会再问。如果你知道，也不要告诉我。我怕我会难过，又想着重新去按“ON”。

某天还能见到你的话，在喧嚣的街衢或者寂静的公园，我只会问你，最近过得好吗，一切都还顺利吗？

务必快乐。

一个月里接连下了好几场雨，空气如同感冒了一样有些微凉。

耳朵听着雨水从屋檐上滑落而下的声响，内心却异常安静。我在思考一些事情时，不会学标准的文青那样抽烟或者喝酒，我只会呆呆站着，或者静静坐着。我没有当思想家的潜质，也缺乏哲理家的神经，所以想的问题都很肤浅，比如昨天洗的短裤今天会不会干，家里的西瓜吃完了要不要再去超市抱一个回来，水龙头漏水了但情况好像不严重要找人来修吗，最新的小说还要多久才能写完，女主角和男主角最后死了好还是活着好，还有，柜子里的板蓝根好像少了几包，是不是有谁感冒了。

我并不是一个懂得关心和体贴别人的人，对于身边的亲人，也常常如此。从小到大，都过得太自我。

我爸因为长期做工，腿脚一直不好，但他还是整天在外奔波忙碌，恶性循环，骨头越来越脆弱。他一直都不放心我，在学校时要我每周五晚上都得打电话给他，讲最近一周的情况。有时我忘记了，第二天早上他就打来电话。有时我和朋友出去逛街，深夜才回来，想起要给他打电话时已经到了十点多，唯唯诺诺地打回家里，接电话的正是我爸，他竟然没睡，而往常过了九点家里的灯火就暗了。他每次在电话里说的话基本一样，无非是“最近学习怎样”“饭要多吃点”“有没有生病”“外面天冷，自己衣服多买几件穿”“钱不够的话也不要自己省着，一定要告诉家里”“我们看不到你，你要自己照顾好自己”，日渐苍老的声音透过雨夜里湿冷的空气，传到我的耳膜里，带着些粗哑，像秋日里落叶被人踩碎时发出的声响，而我通常只是回答着“嗯”“知道”“我会的”这样简短的语气词或者短语。也有几次电话是我妈接的，问的话跟我爸相似，只是结尾她会和我说：“你爸最近腿脚又犯病了，在家没歇几天又跑去工地上了，这样下去……你有时间也劝劝他。”我点点头，“噢”了一声，随即挂了电话，但心里明显有个地方痛了，如同玻璃制品碎掉了一地，锋利地扎向全身，而我却无法触摸到那疼痛的具体位置。就像一直以来，我都把父亲的身体情况忽略掉了一样，从未在电话里提起，而他自己也从未向我说过。

高二那年的夏天，我想搬出吵闹的学生宿舍而到外面租房安心复习，我爸早前通过熟人为我联系好了住处。那天要搬寝，他早上五点多就从镇上坐巴士来到我在的市里高中，在校门口站了一会儿后他才打来电话，问我住在哪栋楼，门号是多少。那时铅灰色的云层不断在空中集聚，天色有些暗，我正在食堂吃早饭，吃完又要赶着去班上早自习，我让他先在门卫室里坐一下，等班主任批下假条后再一起搬。过了几分钟，他打来电话，笑着说："刚才有人找我，要办一些事，今天先不搬了，你不用请假了，自己好好上课。"我听了，"哦"了一声，也没听他说完就挂了电话。

上午第二节做课间操的时候，憋了几个小时的大雨畅快淋漓地冲刷下来，人群纷乱地逃回教学楼，远处的房屋、草地都陷入一片云雾之中。我在走廊上抖着被淋湿的衣角，有执勤队的朋友跑来和我说他在检查宿舍时看见我爸正在搬东西，我听到后疯了一样往寝室跑去。打开门，只见自己的床位空了，行李箱被人扛走了，脸盆、毛巾、牙膏、牙刷都消失了，瓷砖铺的地板上留下了一排印迹很深的脚印，带着一些水花和泥渍。眼睛像进了辣椒水，火辣辣的，很疼，脸上的表情撑不住了，顷刻间塌方。

我趴在空荡荡的书桌上不住地流泪，脑中涌现的是一个老男人在大雨之中肩上扛着重物踽踽独行的背影，越来越远，直至变成雨幕里一个再也无法瞥见的点。我不知道自己哭了多久，只是感觉有一个同寝室的同学推门进来了，他问我：“你是真的要搬出去了啊？”我看着他，脑子里晃过了什么，立即冲出了宿舍。“你干吗，外面还在下雨呢，喂……”寝室同学的声音很快就被丢在大雨之外。

一路上雨都在磅礴地下着，我没打伞，只朝着租住的那个地方不断地跑，不断地跑。我知道比起父亲，我淋的雨还很少，比起他的肩膀，我的还很单薄。

或许每个人只会在某个瞬间，因为一些人、一些事和一些真相而爆发性地觉悟、理解和成长，然后清楚看见自己的无知和卑微。

青春不应成为自私的借口和理由，对于世界上任何一个沉默而伟大的亲人，我们都应该感到愧疚。

盛夏的暴雨总会浇醒一群沉睡的人。

台风过境时，我正在街上行走。新买的雨伞质量太差，伞面全都被风掀开，像脱离花梗的花瓣，飞往很远的地方。隐形的视线只是一种薄弱的存在，永远无法牵住谁的离开。

狂风肆虐，道行树的根须慢慢被拔出地面，天空披着一件灰色的披风，黑暗的巫师在云端之上嗤笑，我感觉到末日的临近。

巷子变得异常阴暗，老人们都躲在房屋里，安静地坐在窗前，低着头，没有其他动作，如同一帧帧时间的默像。我在楼道里走着，脚下发出的声音比以往更加清晰，不断回荡，好像讲故事的人。天台上有水漏下来，沿着灰白色的楼梯往下直淌，若一道溃烂的伤口。我没回家，而是先向天台跑去，正如自己料想到的那样，有人忘记了要关上通往天台的门。人们常常遗忘的都是这些事情，看似无关紧要微乎其微，关键时刻却总会变成一些忧伤的源头。

我常常也在遗忘。

《致我们终将逝去的青春》上映那天，小甲约我一起去看。在这之前，陪在她身边的一直是阿五。对，他们是恋人。后来一个假期改变了他们的关系，阿五去找他的前任，并在微博上放了两人甜蜜的合照。小甲在那天悲伤地打来电话，和我说："真没想到自己会和他这么快就分了，一直觉得这样的结局应该放到毕业那天，谁知就被这个混蛋提前了……"我听到她哽咽的声音，像个失去玩具的孩子那么伤心。我说："阿五就是个人渣，他配不上你，以后不要去想他了。"她沉默了很久，没有说什么，电话那头风声一阵近，一阵远，像要吹掉些什么却始终没有足够的力气，她挂断了电话。我知道她是难过得不想再说话了，随后我拨了过去，"在吗？你不说话，我也知道你在听。失恋很正常，不用太悲伤。以后，吃饭、看电影就找我吧。"小甲笑了，"你又不是王小贱。""但我是潘云贵啊，是你最好的'哥们'。"我答道。"哦，那我记住了。"她暂时止住了忧伤，又笑了几声。

但那天，我因为书稿修改问题，在网上和编辑讨论了很久，后来想起来的时候，发现电影都快放完了。我给小甲发短信，她没回。我打电话给她，手机里传来的是语音台机械的声音——“您好，您所拨打的电话已关机。Sorry，the subscriber you dialed is powered off……”我猜她应该是因为自己没等到我所以先进去了，然后关了手机，又或者是她的手机没电了。电脑匆匆关机后，我跑出房间。我妈这时正穿着睡衣在客厅看晚间的电视剧，见我神色慌张，便问我大半夜要去哪里。我说猫咪丢了，我要去附近的花园找它。我妈很疑惑地看着我，说我今天怎么开始关心起它了，之后又笑我傻，说那猫想睡觉的时候自己就会跑回来的。我还是开了门，跑了出去。

夏夜褪去白昼的闷热，江面上吹来一些风，凉凉的，带着点鱼腥味。我跑过几个拐口，远远看见影院后就放慢脚步，一边喘着气一边向前继续走着。夜真的已经深了，长街上人影稀疏，灯下乱舞的蚊虫扑闪着轻薄的翼翅，路灯一盏一盏不痛不痒地亮着，小甲就坐在影院门口的石阶上，长发垂膝，又被途经的风吹得涣散。无人问津的夜色里，是她孤独的身影和大理石冰凉的温度。

“小……”我正想喊她，街上的灯这时突然灭了。

黑暗中，我们能解释清楚所有令人难过的缘由吗？

不能，所以时间便在沉默中走远了。

电影里，郑微说：“我们都应该惭愧，我们都爱自己胜过爱爱情。”

的确如此。

雨水终于停了下来。

天空放晴，渐渐有了白光，一面被擦洗得十分干净的蓝玻璃此刻镶嵌在寂静的天幕上。

雨过之后，窗外的花凋落一地，叶子也被浸泡得显出黄色的叶面，房前的几棵槭树枝丫变得稀稀疏疏，像一群受伤的人。

这个夏天很快也要过去了，在这之前，有些话，我还是不敢说出口。

说不出来，也希望你们会懂。

爱过你，是春天的幻觉

每到黄昏时分，这座城市总会起风，似乎有只巨鸟在人们看不到的地方用力扇动着翅膀。

呼呼——，耳畔是那样清晰的声响，但瞳孔中装着的世界仍同昨日一样普通，好像再过很久很久，自己所在的地方也不会发生什么变化。

挂在屋檐下的一对旧日铃铛这段时间像多话的老人，在风中一个劲儿响着，要提醒我什么。或许我真是个善于遗忘的人，需要这些器物反复跟我说，你前两天做了什么，上个月在哪里，去年的自己又跟哪个人在一起。

“去年”，不知何时起已变成一个想到就觉得遥远的词汇，或者说，是时间在我这里砌了一堵越来越厚的城墙，把我与昔日分隔得越来越远，觉得自己的生命近乎是从昨日诞生的，再远一些的时候于我而言都像是别人过的。

八月盛夏，与你在拉市海骑马，划船。清晨从云端降下的光束，午后突变成的诡异的阴云，傍晚的大风，在夏日的记忆中抽丝筑茧，紧紧裹住我们相处的朝夕。风吹草动，翻云覆雨，群鸟纷飞嘶鸣，团圆离散，人生路途的预言都被自然书写殆尽。捆草归来的老人急于进屋，抖抖身上的雨滴。远处马帮正牵着游人与马匹从某一节茶马古道上走下，亦步亦趋。

我和你坐在一间彝族女人的茶室中，听她介绍高山上采来的毛尖、普洱。发黑的茶叶像是存放了多年，上面夹着一些青色白色的霉斑，女人忙解释："是雪冻出的痕迹。"她眼睛清亮，但皮肤发皱，如亟待水分的草木，云南的女人都易老。我与你都未到要吃茶度日的年纪，自然对茶叶本身无感，与她聊的都是旅游观光的事，是十足的过客。天很快黑了，雨声渐歇，孤独的人在远处的草海上撑着船归，喊着当地的歌谣，人烟稀少的群山湿地更显寂寞空荡。

坐在回城的面包车上，你提醒我这一趟旅行的花销与而后几日可能将面对的拮据生活，我感觉有风从窗户漏进来，像时间那张冷冰冰的面孔。我试图努力关上，你也帮我，却终究无果。司机说："关不紧的，已经坏了。"忽一阵风袭来，你发丝飞散，遮住我的视野。我无动于衷，镇静之下是几近溃败的巢穴。要真看不清未来，尚且年轻的我们是不是都会好受点。车在山间兜兜转转，盘山路漫长而无尽。夜更漆黑，狭窄的车厢是被一双大手拨弄的铁盒，车灯忽明忽暗。暗中与你面面相觑，觉得你是星辰，你是宇宙。我始终握着你的手，好像你可以是陪我走向余生的人。

这时司机刹车。前方有一些山顶滚落的石块，体型较大，一车的人都下来将其推开。“下雨时常遇到，也有人命不好，被砸死。”司机说完，一车的人又扑回车里。后来在丽江古城，看地图上标识的路线，才觉察到拉市海实则不算远，只是那一夜格外长。

也想过，如果和你就这么死在异乡，好像也不算糟糕。那时的我，的的确确是这么想。

在丽江安顿下来，住着一间很普通的青年旅舍，第一次跟那么多人挤在狭小的空间里。有背包客，有恋人，有驴友，我和你床位分散在房间两端，两个人都是言语疏淡的人，又恪守在自我隐蔽的规范里，我们之间是什么关系，有时彼此都说不清，何况他人，能做什么评议。租客之间极为客气，或者说是生疏、冷漠，微笑或是问候一句后，大都各行其是，很晚才入睡。

那一晚，我都在读外国诗歌，在汉娜·约翰森《东西的位置》末尾处停下：“收音机里流出曼陀林的声音，房子下面是清晨车马的喧嚷，唉，打字机嘟囔着，没有人再梦想飞翔。”默读完，看你，和这间寝室里的其他人，分秒行进的时间似乎停止在此刻。一群没有未来语境的人，在笔记本上整理沿途拍摄的照片，在戴着耳机听歌或是打游戏，在看书，在画画，在梳着长发，在睡觉。都在路上颠簸与平静的生活中感受自己的存在。昨天或是明天，似乎都已然不太重要。

关灯。房间暗成黑夜，漆黑的浓度甚于窗外。寂静中，闻见远处巷中的犬吠，透着寒气，攀爬而来，有些骇人。之后坠入梦里，大片大片的空白，像雪覆盖着我。我是在雪山上吗，四下无人，我走几步感觉身体越来越轻，如同灵魂要飘起来。谁能拖住我，谁来拖住我。我的身体不断向上抽拔，我的脚尖要离开地面了。谁能来，谁快来。无人应答。我忍不住嘶喊着，这声音传遍梦里梦外。已近凌晨四点半，租客们在床上抖动着，直愣愣看我。我陷入一种难堪的处境，向四周赔不是。

在我的另一端，你关切地望着我。我回以微笑，表示无事。很多时候，你并不知道你的目光给予我的，是一根根扯不断的绳索，哪怕距离远隔千万里，我都会在这根绳索的另一端感知你，清楚你在，我就对明天无憾。

第二夜，是在四方街，与你走散。一直以来，我都觉得你总会在我身旁，下一秒伸手，抓住的竟是别人对象的衣角，羞赧之余，迅即摸着口袋，才想起来自己的手机还在你的包里，这下只能在茫茫人海中努力寻找你的身影。游人太多，隔断我们的视线，你往东，我向西，目光背道而驰。人们在琳琅满目的铺子前讨价还价，纵情自拍，酒吧里的伙计都跑出来招呼客人，我无暇去看，只愿尽早找到你。灯与人潮的长街，不知延伸到哪里。在半途，我返回，想着在哪里丢了你，自己就在哪里等你。

夜渐深，人海褪去，很庆幸你来了。

我们没有解释太多，又走到一起，如同历经磨难，到最后也只是轻言几句，笑了起来，回去了。

那次重聚，觉得你应该就是我断不了的缘，此生的磨难或福祉也都会在彼此相融的影子里过去，但我没有料想到的事情有太多，你在靠近春天的时候把屋前的雪扫光，换了新人住。融化的冰川没有只言片语，在阳光里消逝得干干净净。你悄悄斩断自己这端的绳索。

因为去对岸交换学习的缘故，那段时间甚少与你联系。你也毫无暗示，旋即发展了新的情感。待我回来，你才跟我说清。好在你了解我的性格，不是那种太过忧郁感性的人，面对世界多是无动于衷，后知后觉。

我很干脆，同意你的撤出。你说我，真是天塌下来都不会哭的人。其实，我也想问你，我真只是暂住过你心房的过客吗？十分确定，是。我翻过你所有空间里的日志，没有一篇提起过我，哪怕只是用一个字母替代。我看过你朋友圈里的相册，没有一张有我的面孔，哪怕一个乱入的背影也全无。逝去的那些日子都抵不上一个在 KTV 陪你唱过几句歌的陌生人。

“同在一座城市，经常见面，日子久了，就喜欢上了。”

“那我……们就这样结束了……”

“嗯。”你在电话那头淡淡说着。

我们好像都在聊着事不关己的故事。

那我于你而言的意义，是什么？是一时寂寞的相伴，一场近乎幻觉的旅行，一个与你挥霍时间最后却隐去姓名与记忆的人……是吧，都是吧。

你曾予我信中写到的思慕是假，读我之书时感到的欣喜是假，在我生日时所赠的夜灯是假，每逢见面时咖啡杯中的爱心刮纹是假，我们一起收集的电影票根是假，你说的每一句，我记的每一句，假的，假的，是吧，都是吧。

我清楚，现在说这些，一枕槐安。所有已然逝去的在你那里，都是毫无意义的。但春风吹起屋檐下的铃铛，声音真真切切，亦是幻觉？是吧，是吧，一定是。我在如此真实地欺骗自己，时间久了，或许就相信了。

是在束河古镇，要了两串用五彩绳系着的铃铛。

铃铛有些旧，当时没细看就买下，把其中一串给你，后来你是忘了拿吗，还是不喜欢……它们如今挂在屋檐下，日晒雨淋，生了铁锈，丝毫无光，无风的时候便像一对沧桑的哑巴，与我对望。你不会难过，我知道。

在束河的那个傍晚，雨水刚过，我们疲惫而困倦，坐在木质的亭廊里，看渠中的流水缓缓而逝，时间似乎在推着万物无休止而寂静地前行。对面酒吧里有声线浑厚的歌手在弹唱当时随电影《后会无期》而火的一首歌，万晓利版本的《女儿情》。

你知道的，我一直很笨，记性并不好。但那天，歌手反复在唱这首歌，四周格外安静，你一个人躺在靠椅上小憩，也不跟我说话，我就记住了这些：

“鸳鸯双栖蝶双飞

满园春色惹人醉

悄悄问圣僧

女儿美不美

女儿美不美

说什么王权富贵

怕什么戒律清规

只愿天长地久

与我意中人儿紧相随

爱恋伊

爱恋伊

愿今生常相随……”

而如今，我爱过你这件事，好像是春天的幻觉。你或许没有出现过，我只是一个人在那年夏天去了云南。

但我的耳畔，为什么最近总在频繁地闪现出一个声音：“欸，好想问你呢，为什么就算天塌下来你都不会哭啊？”如此清晰，仿佛我把头转到任何一侧，就能立刻看到对方，四目交接。

“因为那时有你在。”没有对你说出口的话，很开心你现在也听不到。

你存在我深深的脑海里

离出海口已经不远的时候，听见潮汐，心里突然想到了你，脚踝像被钉住一样，我停下来，不敢再往前走。

我知道，我终于还是败给了你，还是像傻子一样执拗地想起你。那些年少的容颜、衣袖被风吹起的日子、街角盛开过的三角梅，都存在我深深的脑海里，盘根交错，沿着记忆的旧址互相攀缘，我的春天变得那么茂盛，又那么荒芜。

你曾在离别的站台和我说，只要我们都能平安地度过二〇一二年，明年一月就到厦门去看海。我努力点点头，认真得像个小孩。

然后火车开了，你走了，渐渐变成远处的一个点，永远地消失了。

厦门天气很好，阳光明亮如孩子的眼睛。云朵纯白像随风飘荡的棉花糖，只要谁有心停下来，一伸手似乎就能够到它们。路旁的每棵树，叶子丝毫不买冬天的账，绿得宛若当初的问候。

一切都很好，但唯一不好的是，人海之中，无人与我拥抱，无人跟我牵手，无人和我一起坐在码头边上眺望迷人的鼓浪屿。是我把你丢了，还是时间把我们都丢了？

我从前和你开玩笑的时候，总喜欢说，如果我们有一天分开了，我会先忘记你的声音，再忘记你的样子，最后再忘记你在火车站敏捷爬过栏杆的背影，忘记你在快餐店吃汉堡的表情，忘记你在我掌心许下的誓言，像电影迅速放到结尾，像蒲公英离开了花梗，像斑马逃出了动物园飞奔向森林一样，我会立即、马上、不留情面、没有一丝犹豫地忘记你。

可是，此刻，我发现自己不行，我还不能忘记你。

白鹭在岛上飞起，自由穿梭在云水之间。风中，总会有牡蛎饼和烤鱿鱼的味道混着咸湿的海水味道飘来，好像也有汽笛的声音在远处隐隐约约响起。

如果航程真的不见尽头，我们能够没有缘由地相逢、相爱，再分离，没有眷恋，没有悔恨，幸福得如同陌生人那样，是不是也很快乐？

我见过来来往往的背包客和旅行团，他们的脸上露出的总是微笑，摩肩接踵，也毫不在意自己会被谁看穿，他们都是行走的字符，让一座城市变得有故事。

而我知道，这些故事都与我们无关，因为你没有在这里出现过，陪伴在你身边的那个人现在也不是我。

在去厦门之前，我在福州的海边陪一个女孩吹风。她唱周杰伦新出的《手语》，我发现她始终没有你唱得好听。

女孩是我的朋友，她说她喜欢我，问我喜不喜欢她。我说，我只把她当成一个好姐姐。她有些难过，又强忍着内心的失落对我微笑。福州的海那时不漂亮，夹卷着泥沙的黄色海浪拍击着岩礁，我头顶上有低沉的云朵，天空有点灰。

这是我异常困顿的时光，像被推到一个浪尖上，即刻坠落。没有人知道我内心的苦楚与歉意。

一些事成为不了超市里的商品，一些感觉不会因为对方的数次劝说而改变，一些人终究不会在一起。

漫步在鼓浪屿，随处可见苔痕葱绿的古老欧式建筑，人影憧憧，小贩们糯脆的闽南语调充斥在耳鼓中，听不到一丝悠扬的琴声。

广告上说的“钢琴之岛”，原来是骗人的。

世事变得不可言信。可是自己的内心却不曾感到遗憾，因为那些梦中的光点支起了虹桥，架进了现实。我看见在曲折的路旁是寂静的存在，所有的生息都似画中的景致，文艺的气息在每一座僻静的院落间重生。

坐在老旧的藤椅上，阳光被树梢剪碎，轻羽似落在身上，我突然发觉孤独是那么的美。

在你离开后，我一直活在孤独中。孤独的我对这世界永远不会那么主动。我不会在宴席上敬酒，不会在热闹的人群中张口说话，不会给人端茶送水、扫地擦桌子，看见学校的教导主任，我会远远避开，遇到总是一番赞美之词溢满嘴边的同学，我会低头走开。

我永远都不是主动的人，因为我一直是个沉默的人，让一些人喜欢，让一些人不喜欢。

看电影《将爱》的时候，我不争气地流过泪，为戏中人，也似乎为戏外的你我两人。

结尾处，文慧拿起杨峥的手机，听见大海的涛声，杨峥对她说每年自己都会去海边录下大海的声音等她。当杨峥对着大海说“文慧，你听”时，伴着 Eason 低沉而动情的《等你爱我》响起，海水涌上了每个被时光蹉跎过的人的心中，一切都变得那么念念不忘，又无可挽回。

等我坐在鼓浪屿的沙滩上看远处的大海时，这种内心积累许久的痛感更加让人难受。

爱情真是糟糕的东西，会让我们在习惯了相处时的美妙之后变得那么单薄、脆弱，像枚千疮百孔的叶子，留下时间的蛀痕。我情愿自己是个一无所知的笨蛋，不懂得爱，也不懂得恨，看待一切都是那么麻木，不痛不痒，多好。

有些人，时过境迁之后，会在记忆的截面中模糊淡化，直至自己想不起一丝关于他的线索，而有些人则会变得分外清晰，像烈火烫在胸口的图案，永远不会被人遗忘。

你在我心里，是后者；我在你心里，一定是前者，因为这是你的特色。

你永远不是一个像我这样对待往事还总是舍不得放手的人。决然、冷漠、无情，一直是你骄傲的特色。

我始终都学不会。

潮汐的声响，让我小心翼翼向岸走去。过眼的云烟，在蓝色的深处成为一个浅浅的波纹。

蝴蝶会忘记飞过的沧海，犀牛会忘记夏天的味道，而我却还记得那个冬天的早上，树叶的颜色像哀愁一样。你说，熬过了今年，明年我们就一起去看海，去看厦门的海。我点点头，很努力，很认真，像个小孩。

此刻，我从逝去的约定中走来，一个人坐在鼓浪屿柔软的细沙上。

而你，只在我深深的脑海里，成为一条发光的鱼，在我的孤岛边游弋……

我们永远都是年轻的模样

沉寂的长镜头里，菜花和稻田在往后退，很多条走过的细沙小路已经不见了。

这个夏天，我们像完结一生的蝉，站在枝丫上交出自己最薄的翼。

如果青春也退为身后的风景，请你相信，它一直还在。

我们都还是一副年轻的模样。

穿过马路的时候，总感觉有很多双眼睛在看自己，在站牌后，商店门前，巨幅海报的下面，很多熟悉的面孔在看我，真切无比，又那么恋恋不舍。

时常就这样停在马路中间，回头看看，愣了好久，发现身边匆匆走过的并没有往日认识的人。破旧的公交车，中间有折叠的橡胶连接，跟手风琴上伸缩的风箱一样，而我知道，无人能拉动它。

时间破坏了很多件乐器，剩下拙劣的音色形同长大的脸。

今年夏天，去年夏天，还有久远以前的夏天，我们都离开了自己的故事。

篆刻的城落款在梅雨时节，我们的岁月是一笔凌空挥毫的泪。那些悲伤，结局都叫作离别。

很难忘记吧，毕业档案里班主任那么违心的评语，同学录中永远会缺几页没有填满的资料，平时恨得要命的人竟然也会有天那么友好地微笑，还有自己发红的眼眶，只在无人看到的角落流下眼泪。

很难忘记吧，喜欢了一个人那么久，通讯录的滚动条上竟然始终检索不到的那个谁。

由始至终不提的几个字，还是太容易在内心的螺丝松动后散落。可还能假装镇定地捡起吗？

这个世界充满了你的秘密。

坐在盛夏满开的花树下，抱着一筒刨冰、一袋章鱼丸子，地上偶尔落些花瓣，阳光把午后斜成了一条线。

很多细节，现在想起，似乎可以当成多余的笑话，或者番外篇，但如果没有它们，不知现在自己忧郁的脸颊又能明媚多少。

那些踩过你米色鞋子的脚尖，那些偷偷看过你却被你瞪到而一时无措的眼睛，那些在课桌抽屉里时不时就多出的纸条，清秀或呆板的字迹，总写着不断重复的好感。

“不要用手故意碰到我。”“对不起嘛。”

“周末没补课，一起出去玩吧？”“不行，周末一定会下雨的。”

突然抑制不住又笑出声来，傻傻想着，如果之前答应了那个人，现在结局又会怎么样。

一切会不会有新的改变。

时间是一条发光的银河。

我们的影子覆盖在柔软的河岸，永远固执得像一艘铁造的船。

而流水冲走不了已经做好的决定。船只在原地。

偶然路过一家花社时，发现园中的金盏菊开得十分绚烂，风中飘出清怡的香。

你记得他家门前也栽植过这样的花木，一丛一丛，在细长翠绿的叶尖，在他转身以后，托举出金黄的光。

那时，在低处，你也是一株静默盛开的植物。

直到现在，仍然清楚记得昨日发生的一切。

和朋友闲聊，谈偶像的绯闻女友又和哪个偶像私交甚笃，谈肯德基新推出的早餐价格足够自己一天的花销，谈班主任领口残留的酱油渍应该是没有用奥妙全自动的结果。

当然也聊过自己天真的暗恋。故意要和他去图书馆时挤一辆校车，故意在自习室里用一本书挡在刘海前而时不时偷看他一眼，故意去教室时路过他的班级而与他探出窗外的面颊对上，故意在学校辩论会上喊破嗓子与对手争得面红耳赤而想让坐在底下玩手机的他注意到你。

可是一个人的舞台剧很难进入到另一个人的视线，这个世界拥有着看不完的风景。

还有很多，也都还记得，只是不想再说起。

说不出口的故事就交给风吧，来保管一生的沉默。

那些曾经日思夜想的表情，没有必要深究。它们已经驻留在你心里，像与生俱来的胎记一般清晰。

多年以后，我们都长大。

经过谎言，受住欺骗，习惯敷衍，忘记誓言，放下了一切。

世界惩罚了我们的天真，磨损了我们的梦。

但内心还是不断地闭合，再次勇敢地开放，永远没有尽头地爱。

既然无法得到，索性就放手地成长吧。忧伤是一座年少必经的花园。

像相信青春一样，我们永远都是年轻的模样。

听到记忆中是你在喊我，一瞬间安静地流出泪来。

春天的紫藤花，夏天的海，秋天的叶子红了，等你来。

第三辑
不曾离开

你是我永远回不去的梦
我心切慕你，如鹿切慕溪水
时光，你终于可以听我的话了
来自星星的你
睡在回忆里的海
还想陪你喝一杯夏天的酒
那些夏天像青春一样回不来
住在父亲的心上
你的喜欢，我会记得

你是我永远回不去的梦

小鲸，前些天，我站在垦丁猫鼻头的悬崖上，底下是台湾海峡和巴士海峡交汇的海面。

烈日灼灼，海风把我的衣服吹鼓起来，我用手抚弄，衣角仍旧飘扬，只好放弃。如果自己再往前走几步，似乎就能飞起来，然后跃进那深蓝色的世界里。

海面温柔，沉默地托起一层光辉。太亮了，眼睛有点不适应，但我仍然睁大眼睛注视着这一切。

海洋是一双我许久未握住的手，它稳住我，安抚我，让我觉得安全、愉快、平静，如同你在身旁，递给我这双手，抱住我。

旅行像个梦。

小鲸，你应该也在这梦里吧，站在离我不远的地方一直看着我，对不对？

夜晚，我在旅馆房间里开着窗户睡觉，海风吹进来，带着不远处的阵阵涛声，涌进我梦里。

小鲸，我又梦到我们的海了。

长乐下沙是灰蓝色的海，浪花闪烁白光，冲击着锈红色的礁石，发出哗然响声，如海的沉重鼻息。海浪撞到岩石后，冲到半空，碎裂，水滴四溅，像十七岁最后一天你咬着牙哭红了眼把我的书本撕成的坠地碎花。

那天你站在白花花的地上疯狂地蹦跳着，舞蹈着，最后蹲下来，抱着膝盖又哭了。我没有理你，独自离场，不忍心，再回头看你时，你消失了。洒落一地的碎片被一阵风吹起，纷纷扬扬，飞到这，又飘往那，最后消失了。

在新的岁月里，潮汐往返于海与岸之间，少年都已成人，在追求成熟的疲乏过程中开始缅怀已然逝去的曾经，于是许许多多的事物都借着夏天的名义归来。千万秒夏天的时间里，保存着千万帧少年的画面，明眸善睐，白衣飘飞，意气风发，但稚气未脱。

你却在这些画面里，越来越模糊，没有挥手，悄然离开。

连再见都没说。

那年，我们十七，住在一个向阳的房间里，形影不离。

你和我讨论着零食、动漫、书籍、音乐和理想。你说未来的你要建一座游乐场，彻夜不打烊，要有世界上最大的摩天轮，过山车可以开到云间，旋转木马可以脱离转轴到任何地方去。我笑着看你，心想都十七岁了，你还像孩子，一点都不现实。

我们的十七岁交给了很多疑问，在关于“明天”、“人生”的命题上迟迟无法落笔。不想面对大人们焦虑的脸，又看不到前方的路，在荒草疯长的时日里傻傻盯着脚下的鞋。蚕会破茧，天鹅会飞，我们的出口在哪，要怎样走？

在光和影、微笑与雨水中浸泡的十七岁，生命打着清浅的水印，潮湿而模糊，我们都在印迹上看着自己的影子，被拉长，被缩短，美好，却不被清晰定型。

可以不要前往十八岁吗？你一直在问。

我也一直犹豫，没有回答。

十八岁之前的时光太美，我们都舍不得放手。

斑马在奔跑，鱼在吐泡泡。我们骑车，跑步，逛书店，买衣服，寄明信片，抄写歌词，画画，去搜集五月天、东方神起、EXO 的照片，好希望未来的自己也是个帅气的男生。我还逃课去看心仪的女生在“校园十佳歌手”比赛上的演出，也写过情书，放学后偷偷放到了她的抽屉里。不管她知不知道，接不接受，我心里都很快乐。

很多时候，发觉自己的手指会剧烈地抽搐起来，身体仿佛沾满了透明的蒲公英，痒痒的。在四下寂静的午夜，血液翻江倒海，骨骼在缓慢飘移的星辉下疯狂抽节，咯噔咯噔地响。

有好几个晚上，我睡不着，你就跟我说，一起去看海吧。海离家不远，一千米左右的距离。我们躲过酣睡中的大人，溜了出去，疯狂地跑起来。沙地上姜花飞扬，在月光的映衬下，像一个热闹的旅行团去往远方。夜色中的海，和黑暗连成一片，不再凶猛得让人恐惧，而是带给我们安宁与自知。

你说我要变成大人了，要像体育老师或者我妈那样让人讨厌。你觉得大人是跟小孩子完全不同的动物，他们会为一句话、一个动作耿耿于怀，会为一个鸡蛋、一张纸币斤斤计较，也会因为一个错误、一件小事而恼羞成怒，他们各自规避，彼此隐瞒，以利益得失衡量一切。

你托着下巴看到远处工厂的烟囱在深夜仍在冒烟，飘入天际，黑色气流越来越多。夜色在扩张。

不知坐了多久，时间仿佛被放到一块巨大的冰上，风冷冷地刮来，远处渔村的点点灯火渐次熄灭。你手脚哆嗦，打了个喷嚏，我走过去抱住了你。你有些拒绝，努力挣脱，却被我紧紧拥抱着。

你说你不想我变成大人。我问为什么。你不回答。我说，或许只有当我们变成大人后才能保护好自己，就像此刻这样，我保护着你。

你听完，紧紧抓着我的手，泪流满面，像一片碧海，那么清澈，容不得半点污浊，而我站在海边，其实无法确定自己能不能用一生的时间凝视你，欣赏你，保护你，给你爱与温暖。

回来后，你发烧了，过了两天才好。当你从昏迷中醒来，向我说起你突然想吃街上的炒栗子和海蛎饼，我就疯了似的出去买。那天下着雨，摊贩们大都收摊了，我拐了好几条街才买到。我湿漉漉地回来，身体都顾不得擦洗，直接跑到房间里，把食物放在你床边。

我知道，这些食物的味道都已不再是过去的味道，没有人可以买回往日时光。你眼神迷惘，面颊苍白，却假装幸福地对我笑笑，眼角却饱含泪水。

你病好之后，夏天来了，我们骑单车去海滨公园，看刺桐花绽放。

花瓣开满枝头，像缀在葱绿发间，有些带着清晨的露水，被明亮的光线照着，像个让人不舍得醒来的无比美丽的梦。我们找了棵树干比较大的刺桐，在上面刻下彼此的名字，字迹扭扭捏捏，歪歪斜斜，仿佛永远不会长大的我们停在某段凝固的时光胶片里。

没有多少大人会理解我们的行为，他们总觉得我们无知荒唐，不务正业，而时间的大手也已悄悄把现实中的我们当作棋子，掷于楚河与汉界的两边，去选择，去告别。

饭桌上，妈妈苦口婆心，爸爸严词厉句，他们的脸像阴沉的天压在我头顶。

都什么时候了，还有心思玩？

你不想考大学了，以后要跟我们一样碌碌无为地生活吗？

我们的希望都放在你身上了，知道吗？争口气啊！再晚就来不及了！

……

那一夜，我躺在床上，看着满天繁星，说不出话。也是在那个晚上，我们之间的路径也悄然发生了改变，不再擅长诉说，也不再擅长靠近。

村上春树说："你要做一个不动声色的大人了，不准情绪化，不准偷偷想念，不准回头看。你要听话，不是所有的鱼都生活在同一片海里。"

而当我洗心革面回归生活，我却弄丢了你，我的男孩。

以前的我们是那么相似，是因为我们害怕成为这个世界上受伤的小兽。

那时我们团结，互相理解，并肩与这个世界抗争，疯狂地在海边奔跑、舞蹈、唱歌，寻求理想的远方，自由得像风。约好未来一起去漫无目的地游荡，看地中海的天空，感受西伯利亚的雪景，坐在哥特式大教堂的中央，抬头看宏伟的壁画。我们要冲破大人浑浊迂腐的地带，去找钢琴声、乐园以及没有细菌的空气，相互诉说，相互拥抱，彼此视若生命。

现在，时间把我们洗成不同的模样，我开始走上大人设定的路线，在相似的每一天里机械地生活，麻木地成为一个追求成绩的玩具。大人说，这样才有未来，才有远方，而你赖在十七岁的年纪里，不走了。

你问我，为什么要变成这样？

因为，世界就像海，不会游泳的人会溺水而亡。我们两次出生于这个世界，第一次是为了存在，第二次是为了生存。在刮风的路上，我不想让别人嘲讽我、打击我、责骂我，我要正常生活，做符合自己年龄的事，好好学习，考大学，找工作，谈对象，生小孩……我要走进世界，而不是让世界走进我。

因为，在十八岁堂皇走来的日子里，我不再是你。

一切真的变了。

你哭泣着从我的桌子上拿走书，看着我，眼睛泛红，却狠狠撕开了手里的课本，破碎的纸片随风舞动，像最后一场年少的表演。

世界亮起刺眼的芒，青色的光，蔓延在每一个经年过隙里，最后一片空白。

在那十七岁的最后一天，你走了，我的十八岁，光荣降临。

小鲸，在你离开后的年岁里，我真的长大成人了。每次站在镜子前，刮着嘴边的胡楂，梳起大人的头发，我都在想，现在的我，一定会被你笑惨吧。

从垦丁回到台北后，好几次夜里睡觉，我仍梦见你，梦到我们站在海滨公园那棵树干较粗的刺桐下，远处的海，蔚蓝得像我们无法再浮现的曾经。

洋面上突然掠过的白色海鸥，轮番冲上岸的浪花，仿佛你十七岁时从未说出的一句句郑重的道别。

小鲸，我想你。

你是我永远回不去的梦。

后记：我用十几岁少年的口吻叙述成长的感受，希望你能在这篇文章里，与过去年少的自己碰面。他纯真稚嫩，但又倔强得头也不回……时间在你与他之间灌进长河，终将分隔两岸，彼此作别。

我心切慕你，如鹿切慕溪水

凌晨的水面飘着一片树叶，像黑夜里渺小的船只，又好像顷刻之间便将沉没的岛屿。

我给你写信，依旧喜欢用淡蓝色的纸张，开头仍然是“亲爱的”，字迹还是老样子，没有突破初中二年级水平。

一旁的电脑开着，屏幕上是小志和他家的 Kimi。时间摧残了无数人，好多人长大了，好多人结婚了，好多人买房了，好多人生宝宝了，好多人老了。小志的微笑却仍然如同少年。

记得小时候看《绝代双骄》，小志在里面的扮相特别显小，喜欢瞪眼撇嘴耍滑头，好像小孩子。你说自己如果能一直像他一样，一定会过得很快乐。

可以想象，十年之后，同龄的人都忙于工作，奔波于马路街衢之间，吸着汽车尾气，吃着没营养的快餐，说客套话，看领导眼色行事，熬夜加班，身体越来越臃肿，渐渐衰老。

而你，在阳光初绽的清晨，奔跑在原野上，吹一朵夏天的蒲公英。轻盈而洁白的它，一簇簇散开，被风吹往很远很远的地方。

那时的你一定很开心吧，一定还像小时候一样做着天真单纯的梦吧。

曾经我们有过大把清澈的时光，像把船划到湖中央时收起桨，任船随风飘荡。我们握紧彼此手心，相互信任，无忧无虑。

在深秋的树林里捡拾银杏树的叶子，它们一片一片静静躺在泥土上，像一枚枚金色的鳞片。你怀疑银杏树的前世一定是条金鲤鱼，所以它才有这样好看的叶子。你轻轻捡起来，拍了拍上面的尘埃，然后带回家做成书签，放进某本钟爱的书里，那一页写着帕斯基尔纳克的诗句："我跟没名没姓的人，跟树木、儿童、不爱出门的人在一起。我屈从于他们每一位，这也正是我的胜利。"

到外婆的院子里采撷一枝菊花，插进空的牛奶瓶里，抱着它走到窗边。阳光透过玻璃照射进来，正好照在你和花上。你静静不动，看菊花被阳光亲吻，愈发灿烂，你脚下的影子和你一样明媚。即便生活里有痛苦，有忧伤，也是淡淡的。

春天时，打开录音机收集屋檐上掉落下来的雨声，细细的，嫩嫩的，好像草芽冒出泥土的声音。风也吹得很轻，像丝绸一样裹进话筒里。你跑出阴郁的房间，站在细雨中，呼喊着我，要我不论在未来什么时候都要想起对这世界满怀真诚与热爱的你。那一天，你淋着雨水，没有移动，脸上都是笑，像极了霍尔顿，在《麦田里的守望者》里，他也喜欢淋雨。

鸽群掠过，清晰的哨音刺破傍晚寂静的天空。在光线和阴影之间，时间将生命分割成两半，我们走过了昼，就意味着终将要迎来夜。然而究竟是什么时候，我们就这样从幼童走向了大人？

人生巨大的钟面上，没有丝毫缝隙留给我们喘息。世界上总有一些问题永远也不会有答案。

默里迪斯在《森林中的挽歌》中写道："生命在竞赛中飞跑，犹如相互追逐的行云；我们走了，像松果一样掉落。"

天黑了，松果都掉进了时间的洞穴里，我看不见自己，也看不见你。

成长是一趟永无回程的旅行。在途中，每个人都走在了生活愈发沉重、喑哑的琴弦上，再也弹奏不出单纯、清亮的音色。

在公交车站被人群挤着上了车，我找到座位坐下，身边有头发花白的老人，我看看周围，犹豫了半天，才慢慢站起来试图让座，老人看见我复杂的眼神，摆了摆手。随后过了两站，她下了车。我突然感到好难过，你知道从前的我不是这样的。

在天桥上看到乞讨的孩子，面黄肌瘦，衣衫褴褛，我没有一刻迟疑，冷冷走过，当作没有看到一样。他跑过来，微弱地喊我"哥哥，哥哥”，我竟然推开他那只瘦小黝黑牵着我衣角的手。走到天桥下时抬头望着那个孩子，他竟然还趴在栏杆上看我，眼神楚楚可怜。我走掉，没有回头。你一定会鄙视现在如此绝情的我吧。

也已经好久没有对人说谢谢，节日的时候也不会给人打电话发祝福，好像也有很长时间没有回家看看，终日与形形色色的人周旋，总是在满布雾霾的生活里沿着机械的路线奔跑，步履匆匆。时常空虚，无聊，像丢了灵魂一样，活在一页页苍白的日历纸上。

你一定没有想到未来的自己竟然是一具木偶吧，被无形而凌乱的线缠绕、捆绑、操控，渐渐失去自我。

你很失望，是吗？但我还想告诉你：

以前，总是不想待在人声嘈杂的场所，身上会痒，会难受，现在习惯了。

以前，厌恶所有类似“向你学习”、“请你多指教”、“真是不敢当”、“你抬爱了”、“吃饭了吗”、“注意休息”这样的客套话，现在习惯了。

以前，一直疾恶如仇，看不惯表里不一、是非颠倒的人，现在习惯了。

习惯会让原先特别的自己和后来的一堆人沦为同类，戴上假面，努力追逐，逐渐冷漠，不关心世界，不信任别人，只爱护自己。而我们的心脏也由小变大，曾经一点苦难放进去都显得大，如今再大的悲伤放进去，自己也能够决绝离开，平静遗忘，像是没心没肺的人。我不知道自己究竟是什么时候为什么变成了这样的人。

诗人里尔克说：“来到这个世界，沉重的肉身做出了永恒的妥协。”

凌晨 1 点 23 分，耳麦里传来陈绮贞的歌《下个星期去英国》。

里面唱着这样的句子：“你收了行李，下个星期要去英国，遥远的故事，记得带回来给我，我知道我想要，却又不敢对你说，因为我已改变太多……”

我按下单曲循环，听着听着，笔尖停在信纸中“你”的上面，再也写不下去。

你知道，我一直都不是勇敢的人。

十八岁过去以后，我们在大海的中央分别，向着时间轴上相反的两端游去。我时常想起你，但又害怕面对你，现在的我虽然依旧喜欢用淡蓝色的纸张写信，字迹还是老样子，没有突破初中二年级水平，但其他的已经面目全非。

影子断了，葵花落了，少年走了。

曾经，我们拒绝长大，想永远住在十八岁以前的世界里，好好使用身上纯真的能量。我们总觉得长大成人会是一件极其恐怖的事情，无比恐惧和担心，因为害怕有天在镜子里看见自己变成了曾经最看不起的那种人。

蝴蝶的翅膀被寒风吹得残破，纷飞的鸟群退出视野，留下黑色的灰烬，不停地从空中坠落。时间催促着我前行，一点点丢下你，走了很远很远。

有人告诉我，怀念是件痛苦的事，它会让人苍老。我总是带着愧疚想起你，因为我辜负你的期望，没能在你料想的未来长成你期待的模样。当初那一颗无瑕的心也已在世事磨砺中，历经擦伤、碰伤、撞伤、灼伤、冻伤而出现条条裂痕，直至此刻瘀伤、内伤满满遍布。在这静谧的深夜，城市像头死去的水牛，骨架却还拖着腐烂的皮囊机械前行，我想到过去的种种，内心伤感而不安，亲爱的男孩，我是不是要和你彻底告别？

前些天温习了一遍我们从前看过的老电影《罗马假日》，奥黛丽・赫本的脸那么精致，而她的美丽也永远留在了青春的时刻。里面有段台词，我想重新念给你听，但你要答应我不准哭。

“现在，我必须离开了。我走到街角，然后转弯。答应我，别看着我，把车开走，离开我，就像我离开你。”

虽然我选择离开永远活在十八岁之前的你，但并不代表我不爱你。

告别，不是遗忘。

请你时刻记住，我心切慕你，如鹿切慕溪水。

时光，你终于可以听我的话了

如果记忆倒数五秒，我会最先看到什么？

是那艘沉默的大船又被人捞起，是白天鹅的翅膀飞得很高很远，是世界关闭了最后一盏五瓦的台灯，还是地平线上刚好冒出一座盛开的玫瑰庄园，还是……

5

我坐在二〇〇九年春天的老式藤椅上，面对着一面墙和一只猫，发呆。

晨起时大雾还是把世界浸泡得像灰蒙蒙的海，电线杆是桅杆。我们活在一艘巨船之中，迎接大风和大浪。

我问那只胖猫是偷跑出来的，还是无家可归？它扭头跳进一家打开的窗户里，像非常主动的食物，投进一张大大的嘴。

母亲站在栽满芦荟的楼顶晒春光，优雅地问我复习的进度，“高三，可开不得玩笑。”她的声音温柔得像水雾，一直沿着每家的窗角晕开成花，一大片，一大片，开满世界。

一直开到我几乎能看见手表上的指针逆时针倒转了好几个光年。

高三，听母亲的话，我不开玩笑。但这还算属于我的高三吗？

问了一个很白痴的问题，蓝天上的云朵都跑开了，但是太阳出来了，它向更南的南方偏过去。多像母亲或是 Mr 刘的话不容更改，高三要努力，高三要加油，高三只有一次，高三，高三……

高三，生命的骨骼里生长的都是你，蔓延开来，成为一片荒芜。那些隐没在地表以下的声音也在随其附和，铺天盖地地漫上来，一点一点，像这个季节流得缓慢的河水，拉着长长的尾音。

那些小手，那些跟着太阳生长的小花，措手不及地消失在摇摇晃晃又模模糊糊的视野里。

我跟胖猫一样走进南方受潮的屋子里。

4

阳光变长的时候，我感觉还在深夜。

桌上是一沓解不完的数学题。抛物线该怎样抛出才算完美？

张天才一边投篮时一边问了我这个问题。他轻轻转身，伸手，定神，投篮……我没听见球进框的声音，背景便暗淡下去。这是属于很久以前的景致了，我们神情简单得犹如孩童未谙世事，像花开，却比花开来得深刻沉重些。

再次见到张天才，是在落着细雨的春末，瘦瘦的他站在教学楼六层的走廊上吸了一口气，便又朝着高三（7）班一头栽了进去。我刚要喊他的名字，却突然又止住了。时间深沉得像陷落汪洋的旧轮船。

张天才也只有在篮球场上才有自己的存在感，平日里他是各科老师用“每次都倒数的那个”来称呼的那类男生，学校为保证升学率建议他直接去念大专，但他又不想自己的去路被人强行安排，他想拼，所以高三这一年基本都没跟别人说话，只是不断地做题，翻书。

无数个漫长的旅途里，总站着那些青春的面孔，承受岁月交给的寂寞与成长，是磨难还是福祉？我们的生命究竟是伟大的，还是只能卑微地囚在樊笼里，像只张望天空的鸽子？

那在白昼里映出的不清晰的影子犹如摇晃的薄雾，却又隔着层层叠叠的朦胧。突然间发现自己很难再望到那定格在思维深处的一幕幕青春，那么明媚、那么清晰的青春。

我喝了一杯卡布奇诺，神经异常兴奋地跳动着，像一支回旋舞。可是，跳给谁看？

3

这几天一直梦见大鸟从屋顶飞过，它们的嘴里都叼着一块绿宝石。白色的羽毛好似落雨一样飘落，但却没有掉下一颗那样翠绿的宝石。世界泛起一片微光，是太阳正要探出头来吗？

一切柔和得如同咖啡馆里的情调。谁在吹奏萨克斯或者在拉手风琴，从地球的这头响起，又沿着无数根金属管道蹿到另一头。

透明的河里有无数个我在来回穿梭，形同鱼群。

一切又都在重复，大鸟落下羽毛，咖啡馆的情调在蔓延，我在河里来回穿梭，一遍一遍，像一条无止境的路。

这不是我的年华。我的年华没这么璀璨。这只是一场虚无的狂欢。这是梦！

午夜时分，黑暗还没抵达黎明的入口，而我已经醒来，手脚几乎是在抽搐，整个身子又都动不了。看到窗外雾气蒙蒙，像极了电影《寂静岭》里的场景，忍不住大声叫起来。

而我妈则是被我的叫声吓醒，匆匆穿上拖鞋奔到我的房间外，急切问我的情况。我说只是做了梦而已。她这才舒了口气离去。

拖鞋在地上拖长的尾音，好像时间流下的鼻涕。

2

六月的那两天，下着大雨。

风从每个考室沿着每一处漏空的缝隙穿进来，串走了留在小脸上的水滴。恍然如梦，每个少年都在成长史里书写自己至关重要的一笔。一个时期的青春，那些烦闷的、悸动的、忧愁的、抑郁的或是轻喜悦的青春，都将终结。

天空没有露出清晰的轮廓，电风扇周而复始地旋转。等待，如同池塘里的红荷，一朵朵，欲开欲拢。

很多声音在青色的光里，打磨成盛夏里沸腾的蛙声，清脆地叫，接连不断，像一条庞大的河流。

我们是河中那片漂流的羽毛。两天的旅途过后，前方，是我们的终点吗？

她在说，逝者如斯夫，天啊，我们今天竟然在高考！

他在说，不是在做梦吧？

她在说，不要胡思乱想，一定行的！

他在说，Mr 高押的题怎么一道也没有？

她在说，考完我要吃一大袋的热狗。

他在说，那些书究竟能折成多少架纸飞机呢？

……

解放的铃声响了。

辛苦下了两天的大雨停了。

每段青春都需要有这样的经历，它会让你有勇气去面对更远更长的未来，让你知道再不堪的窘境中自己身上也有着惊人的战斗力。

1

我们永远不能占有时间，时间却在掌握着我们的命运。

而现在，终于穿过了那一扇紧闭的大门，黑色的迷宫转眼丢在我们身后。这样黑白的年华该过去了吧？

这一天，黑暗退出了我们的森林，雾霭消散，所有的鸟群已经叼着阳光回归。它们露出可爱的小脑袋，站在枝头上细细整理着自己的翎羽。

风雨暂时离开，我们要开着大船驶向下一片汪洋。那里会有我们的海鸥、白帆、灯塔，它们快乐地张扬，像我们被囚禁的岁月，终于获释。

这是新的一天，新的一天。

你不会知道俄罗斯方块有天竟然也会被我玩到天亮。

你不会知道我写了好多好多的谢谢藏在你放毕业证的包里。

你不会知道出现在我梦里的大鸟和鱼群是什么模样。

你更不会知道此刻我正站在青山上望着自己飘满玫瑰色云朵的远方，说着，时光，你终于可以听我的话了。

0

一朵小花沾着清晨的露水被风贴到了我的脸上，感觉被人柔软地轻抚。

我就要睁开眼睛了，到底会最先看到什么？

是那艘沉默的大船又被人捞起，是白天鹅的翅膀飞得很高很远，是世界关闭了最后一盏五瓦的台灯，还是地平线上刚好冒出一座盛开的玫瑰庄园，还是……

昨日的悲伤都已经遗忘，可以遗忘的都已不再重要。

我渴望重新返回这些年少的岁月，拥抱住曾经的自己，紧紧的，深深的，屏住呼吸，忘记时间。

睡在回忆里的海

每年夏天，我都像得了某种病症般惧怕着南方的闷热，很少出门，只蜗居在光线昏暗的房间内。自己的玩伴无疑是些不会说话的布偶、泥人、风车和纸飞机。一个人孤单得像只囚笼中的鸟，伏在阳台上张望被白昼眷顾的世界。

有时便掏出古书朗读诗篇，对着漫画书画些变形的人物，或是守着电视不断地睁眼闭眼，时间似乎慢得可以用比秒更小的时间单位来估量。

母亲那时还在家中操持家务，见我整日闷闷不乐，心里也有些难受。她从后背抱住我，用额头触碰我的额头，说：“航，妈妈给你做些好吃的，但你要笑笑。”母亲会做的菜肴很多，像糖醋排骨，蘑菇汤，南瓜鱼，牡蛎蛋卷，一样样都是绝美的南方风味。而我摇了摇头。母亲摸着我的脸颊，“那到外面去走走吧。”我沉默地摆弄着手里没有表情的玩具，没有看她。很多蚂蚁举着白色的粉团在屋外的墙壁上爬行，风里是栀子的香气。母亲望着窗外，说："那就去看看海吧。"

我六岁时去过海边，是祖父带着我们一帮孩子去的。那时沿途的姜花不断地飘扬，天空是一片无边的蓝。时光如同沙田里的西瓜，不断抽出青绿色的藤，一寸一寸，向大海爬去。

小惠和蛋挞那时也在，我们彼此牵着手快乐地在海边疯跑，学螃蟹横着走路，不时倒在沙地上翻滚，海风习习吹来，浪涛击打着礁石，天空是永远无法代替的蓝。祖父坐在岸堤上抽烟，像舍不得很多事物一样地把烟圈含在口里然后慢慢地吐出。他望着远处驶来的渔船，招呼我们过来，说年轻的时候自己也曾坐在船上去过很多地方，包括遥远的对岸。我们羡慕地拉着祖父的手，要他带我们到船上去，祖父摸着我们的脑门，笑着说："你们这群机灵鬼，要等长大后才能出海，那时对岸也应该回来了。"

祖父不知道，在他辞世后，对岸也和原先一样，还像个迟迟不肯归来的孩子。而我们都长大了，却没有一个人再说起自己要坐船出海的想法。

小惠是个很漂亮的女孩子，梳着羊角辫，在耳朵两边很舒服地垂下，经常穿的是白裙子，眼睛很大。上小学时她常常坐在长得很茂盛的榕树下问我："长大究竟要用多久时间，会不会一夜之间就能在镜子里看见自己成熟的脸颊？”我说：“不会的，成长很漫长，像一千米的操场跑道一样，等你撞到终点时就气喘吁吁了。”小惠这下不说话了，跑到我身后，很小声地说：“如果此刻我们都不在你身边了，你会做什么？”我看了看树梢，用手指着上面说：“我会爬到上面，看看你们走了多远。”“然后呢？”她问。“然后就大声喊住你们，让你们回头看看我。”

蛋挞那时总喜欢偷袭我们，躲在芭蕉叶或者榕树粗大的树干后面，趁我们聊得高兴的时候，伸出圆润白皙的爪子来。他是一个可爱的小胖子。小惠总想捏他的小脸，说比她妈妈做的面团还软。蛋挞只是在一旁生气地嘟着嘴，也不还手收拾小惠。“男子汉不和小女子计较！”“真的？”小惠又邪恶地笑了笑，然后更加起劲地捏他的脸、手臂，甚至是肚子。我看不过去了，自然伸出援手，试图去抓她。小惠马上躲到蛋挞后面去了。我们三个人就开始围着榕树不断地跑，不断地笑。枝丫上细小的叶子一片一片落在我们的头顶和肩膀，像一只只翠绿色的蝴蝶在时光里舞蹈。

我们终于都长大了，花了两年的幼稚园生活、六年的小学光阴和又一个六年的中学时光。最后小惠去了澳大利亚，蛋挞去了美国。我还在南方的小镇，一个人低着头，对着那片渐渐消逝的海没有出声。内心里是一座矗立的灯塔，望着彼岸，沉默得如同更深的海。

有时在线上还会碰到他们，不同的时区里，不同的黑夜白天。我们聊了很多，基本都和过去有关，小惠说我们那时怎么会那么傻，整天坐在一起说些胡话，经常因为偷摘田园里的龙眼荔枝被看守的大叔发现而担惊受怕地迟迟不肯回家，还因为听了几次校园鬼故事而不敢课间一个人去卫生间。我发了个笑脸，后面加着“The old time isstill a flying（旧时光仍然在飞行）”。心中却像失去了什么，有略微的疼。

蛋挞到了美国，他父母在唐人街开了家小小的中式餐馆，但他时常还会跑到邻近的蛋糕房买他以前最喜欢吃的蛋挞。他说自己总觉得这边的蛋挞里面放的奶油和老家的不一样。我说：“是什么滋味呢？”他说：“不知道，就是觉得不一样。”我说：“那你也要少吃点啦，小心体重又超标了。”他笑了，发了鬼脸过来，“你看看这是谁？”一张照片被我点开。瘦削的脸庞，带着成长后的坚毅，眼神十分笃定。我说：“不会是你吧？”他没回答，又发张鬼脸过来。

很多事物总是在我们以为会一成不变的时候转过身来，给你一个惊喜，是岁月施下的魔法，改变着我们。

很多次小惠和蛋挞都问我：“头像怎么还是以前的那个小孩，现在究竟变成什么样了。”我说：“就是他呀，现在的我还是这个小孩呀。”

你们，只需要记住从前我的样子。那时我们都还没有长大，时光美丽的没有一点杂质。

母亲也带我看过海。但那时所见的海已经找不到从前的影子，除了它的宽度和深度，仍如昨昔。

在去海边的车上我一直没有说话，道路是新修的水泥路面，发出很燥热的焦灼气味，两排是被砍伐得只剩下木桩的树林，树叶堆在泥地上，像一张张遇难的面孔。我伏在车窗边看着，内心总在被一些隐形的思绪所撕咬，母亲侧过身，靠着我耳边，说："把身体放进来，小心被沙粒刮到。"并让司机关上了车窗。

我的心灰灰的，形同雨天。自己也不看母亲，低头抓着手指。

是什么一直想放开却放不开？是什么一直想挽留却留不住？

海不会说出任何答案。

当自己重新站在曾经的地点上时，显然已经物是人非。海水依旧有力回击着沙石，远处隐隐漂浮着星点般的渔船。母亲怕海风吹得我不适，便从身上脱下自己的风衣搭在我肩上，"航，起风了，披上它吧。"

我摇摇头。

母亲并没有拿走风衣，反而用手按在我肩上，"看看吧，海为什么会这么辽阔？"

"是因为它包容。"母亲自言一番，继续看着我。"航，你也要学会这样，千万不要把自己封闭起来。一个人在这世上，是要走很长的一段路的，路上的风浪永不止息，而你这样，太脆弱了。脆弱的人会失去自己。航，妈妈不愿你这样。”

我的眼眶顷刻转红，但依旧没有说话。

母亲抱住我，开始抽噎起来，“以后，我们还来看海。”

我点点头。在她温热的臂膀中闻到海水的味道，咸涩却发出悠远的香，如同那一刻没有边际的爱。

而这样的话，很久以前的以前，他们不也说过吗？

“小航，爷爷再带你来看海的时候，对岸也应该回来了。”是祖父的声音。

“小航，如果有一天我们坐船出海了，千万别让蛋挞知道。你知道吗，他最近又胖啦！”是小惠的声音。

“小航，我偷偷告诉你，别和小惠说哦，我一直都很喜欢她的。”是蛋挞的声音。

知道，知道，这些我都知道。可是海还会记得那么清吗，那么多的人在它的面前走过，停过，呼喊过，哭过，也欢笑过。它都记得吗？

后来，母亲为了家中生计，开始到厂房里上班，整日忙忙碌碌，再也没和我说过看海的事。

多年以后，当我长出一张可以和这世界和谐相处的脸时，再看看那些站在我们身后、站在过去、站在黑白布景里的村落和大海，心里总有些难受，像被一双来自时间的透明的手拿着锋利的锥子刺进心底柔软的部分，全身注定要燃起一种很难灭掉的忧伤。

时间让很多人都开始捉迷藏，但又不同于孩提时那场简单得没有忧虑与困惑的游戏。不断成长的岁月里，我们互相用纱布蒙住对方的眼睛，双手捕风捉影，在时间透明的陷阱之上游弋，内心成为一条虚无的鱼。

只是海水依旧在身后不停地潮涨潮退，仿佛少年，永远那么年轻明媚。

还想陪你喝一杯夏天的酒

记忆是个冰箱，那些难以忘怀的事物与人都贮藏其中，取出它们的过程极其不易，因为我们总怕它们融化。

大学毕业聚餐结束后，我特地去看了看曾经在校外租过的那间老房子。巷道逼仄，路灯昏暗，一些电线歪歪斜斜搭在房檐间，有人忘记将路边晾晒的衣物收进屋内，此时在热风中飘起，噗噗作响。

那年刚进大学，受不了室友的呼噜声，搬来这里住了一段时间。抬头望去，住过的房间亮着灯，里面已经有了新的主人。炎夏已至，夜晚与白昼气温相当，我的白色 T 恤已被汗液淋透，等我回到空调房里，它很快又干了，青春能留下的痕迹其实很浅。

在重庆读书时，我每周都会去观音桥的方所书店。有次碰到了爱尔兰作家托宾，在他的分享会结束后，我用蹩脚的英语问他，当人没有灵感时如何写作，他幽默地对我说：“Love. Just love.”

因为太爱买书，宿舍里很快没有多余的地方可以容纳它们。我就决定不再买书，但在逛书店的时候碰到中意的，又跟没事人一样抱了回去，三天两头这样，我都开始讨厌自己了。后来有了折中的办法，尽量去学校图书馆看书，这样可以少花点自己辛苦赚来的生活费。

温暖细碎的光影洒在每一条走过的路上，轻落于我的头顶。我无法忘记这三年发生的一切，进入一个新的专业学习、参加社团活动、前往台湾读书、去出版社当编辑、旅行、摄影、出书、恋爱、开分享会沙龙……只要一想起，时间的指针就像停格动画一样，一帧一帧走得特别慢，我都能清楚记起自己尽心尽力做好每件事的场景，如熟悉掌心的每一条纹络。

记得自己跟租在校外的 S 合买了一台二手的投影仪，办起“慢影像剧场”，免费播放小津安二郎、塔可夫斯基、安哲罗普洛斯等人的电影，因为选片太过文艺，也会跟前来观影的人发生争执。有次几个大二的女生吵嚷着要看《小时代》系列，S 异常生气地请她们出去，我觉得这样会使场面难堪，就请她们先坐下来，试着看一会儿文德斯的电影《德州巴黎》，觉得看不下去再走，结果她们竟然撑到了影片结束，最后还哭了。

因为 S 家的客厅面积有限，每次观影人数不超过十个人，但每次见到大家都能在播放的老电影里，找到浮躁时代里流失的情感共鸣，我们还是很开心，觉得自己是在做一件非常了不起的事情。

可缘分就像一场宴席，终有散场的时候。

我们毕业了，开始散落在天涯。有人进入职场，有人继续升学，也很快有人屈从现实，买房购车，娶妻生子，活成我们父母曾经的模样，开始各顾各家，甚少联系。而我也明白人生原本就是聚少离多，每个人都要习惯。

跨出校园大门才一段时间，世界频频露出“坏脾气”，所有人都在看它脸色，努力学着让自己聪明点，于是发现很多人都在褪去飞扬跋扈的曾经，而选择与这个世界讲和，不再固执、倔强、钻牛角尖，开始隐藏真实的自我，掩饰不足的部分。人与人之间，彼此构筑心墙防御对手。时间久了，连自己也忘了当初的样子，于是更加认可现在的自己、当下的生活。

而我还会时常想念读书时的自己，满身傻气，认定了一件事就会勇敢去做，爱上了一个人就奋不顾身，即便到头来是错的，也不后悔。一直记得电影《致青春》中那个敢爱敢恨的女孩“郑微”，她对爱便是这样。

毕业那天，我在宿舍重温了一遍这部电影，中间有一场也是大学毕业的戏，郑微和众人在餐馆里撇去告别的伤感，把酒言欢，高声念起苏轼《南乡子》中的诗词：“云海天涯两杳茫。何日功成名遂了，还乡。醉笑陪公三万场。不用诉离觞。”这段话久久盘旋在我的耳畔。

大学时代真的是一段任何时候回首看它都会发出光芒的岁月，不只是因为有布满校园的樟树、刷得雪白的墙壁、夏日里整天叫嚣的鸣蝉、操场上奔跑的少年、经常走错的教室、一场美好但没有结果的恋情……更是因为那时我们可以仗着四年的“漫长青春”，随心所欲去做自己觉得有价值的事情，无人能对你干预、指责，你甚至都不在乎最后的结果，而是努力感受其间的酸苦、喜悦，成为一个懂得享受过程的人。

在这个世界上，没有谁擅长离别，因为我们每天都在离别，由逐渐习惯到最终擅长。

很希望时间的箭头能返回一次，墙上时钟的指针开始逆行，疾速飞驰的汽车都向后倒回，放在衣柜里的校服再重新穿回身上，黑板上抹去的字迹又一笔一画浮现，毕业那天恋人们分开的手又再次握紧……然后在一个光线还没透亮的微凉早晨，醒来时发现自己还躺在学校宿舍的小床上，想起是周末，不用上课，可以再睡一会儿。

这是我那些年最想逃离的地方，也是我那些年最不愿告别的地方。原来自己仍然在这里，从未离开。

秋天来了，如果可以，我还想喝一杯夏天的酒，陪你，在这里。

那些夏天像青春一样回不来

那年六月，大学即将毕业，我在寝室收拾需要快递回家的衣物。黄昏风起，向阳的墙面金光闪闪，夹杂着楼外大树的葱葱树影，像作别的手摇摆。

衣柜里突然掉出一本开本略小的书，红色封面，写着书名《爱你就像爱生命》，王小波与李银河的作品。

我拾起来，往上面吹了几口气，尘埃四起，渐次落定。想起五月下旬的一天，收到快递通知，取了一个事先无人告知要寄来的包裹。包裹上寄件人信息模糊，唯一能看清的只是手机号末尾“4705”的数字。打开，我很惊讶，是书，《爱你就像爱生命》，但书里没有手写的字迹。

那天，一个人走在夏天的路上，边走变翻着书，沿途的阳光透过叶间的缝隙将光斑打在书页上，身边人来人往。我没有注意他们，目光只停在书中王小波写给李银河的情书上。心想究竟是谁又将这份“情思”传递给我？

我起初怀疑是朋友 CC，但她却在电话里跟我说：“你知道的，这阵子我都在忙着毕业论文答辩的事情，可没空买书送你。一定是喜欢你的人。”

“可是很奇怪，居然有人知道我阵子想看这本书。”我困惑不已。

CC 答道：“这么默契啊？你是不是有在哪里提到对这本书的喜欢？”

我这才想起，自己有在微信朋友圈上提过。

之后有次姐姐打电话过来，说她的宝贝儿子非常想我这个小舅舅，希望我快点回家。我说要等毕业证书拿到手。然后，她突然提起我中学时代的友人“花露水”阿鑫。

他是一个喜欢在夏天喷花露水的男生。每个夏夜晚自习，全班都会闻到他身上的花露水味道，一些男生觉得阿鑫很娘，给他取了这个绰号。

“我也不想喷，但我是 A 型血，皮肤又白，很招蚊子的。”阿鑫对我解释了几次。当时他没有什么朋友，在班上多半只跟我一个人说话。

姐姐说我这些年像候鸟南来北往四处迁徙，阿鑫联系不上我，所以他一从外地回来就到家里要了我的微信号、手机号和学校地址。听到这，我的第一反应就是，书是阿鑫寄来的。

中学期间，我跟阿鑫都酷爱看书。

蝉鸣喧嚣的午后，我们在食堂吃过饭，便往图书馆里钻。我喜欢去中国现当代文学的书架前“捕猎”，他呢，比我有出息，飞奔到外国文学那边寻觅有意思的小说。我们那时总爱争辩一个问题：“中国作家的小说跟外国作家的比起来，谁写得好？”

文学其实是个很主观的东西，仁者见仁，智者见智，但那时的我们都很倔强，谁也不让谁，非争得面红耳赤不可，但很快又和好如初，笑脸相迎。

高三时，时间对身旁多数人而言，都像是快用完的牙膏，非得用力挤，心里才舒服。每天深夜自习回来，简单洗漱一番便想睡下。但阿鑫常常发微信过来，对我念起他最近看的小说片段。

印象很深的一次，是在晴朗的夜空下，临睡前我爬上天台，呼吸着夜间微凉的空气。阿鑫在微信里朗读柏瑞尔·马卡姆的《夜航西飞》。

“一天晚上，我站在那里，注视一架飞机入侵群星的领地。它飞得很高，遮蔽了数颗星星。它拂动着星光，如同一只掠过烛火的手……在飞机寻找避风港的航线上，有成千只动物正悠闲散步，如同圆木漂浮在漆黑的港口。但是入侵者在盘旋下降，姿态显出明确的急迫。它一圈又一圈地盘旋，倾斜低飞，它的声音在说：我知道自己在哪里，让我降落。”

那个夏夜星星很亮，听着阿鑫略带磁性的声音，此生仿佛也同书中主人公的旅程一样变得美好而漫长。我们远离纷争，没有痛苦，“梦想”也不再成为一个带有压力的词汇。内心是这般的空，亦是如此的静。

原以为阿鑫会是个永远温和的人。但在高考前一个月，我发觉他的脾气变得很怪，他先是在微信状态里写着十分低落、抑郁的心情，随后就是跟我吐槽某某老师越来越无聊，上课就知道“喊口号”，某某同学天天坐在楼道里大声背诵跟傻子一样，这跟我之前认识的他有点不同。

我想应该是高考压力造成的。于是在一个深夜里，我静静在手机上打出“有些磨难是我们必须途经的，这样，你我才能成长得更好。不要怕，我始终和你并肩前行”这行字发给他，结果看见他回复的竟然是“去你妈的鸡汤”。

那个夜晚，我失眠了。

我想不通为什么他会这样对我。我关心他，安慰他，可最后得到的竟是对方的一阵谩骂。过往与他玩过、疯过的时光瞬间烟消云散，原来人真的生来记仇，对方给予自己的千般好都抵不上他最后送来的一个坏。

我打算不理阿鑫了。

而他似乎意识到自己的问题，三天后，他主动联系我，说把我写的小诗拿给他表姐看，她表姐很喜欢，表扬了我。

虽然我无从辨别这件事的真假，但我真切感受到这段话的背后是他在“认错”，想与我恢复“邦交”。我平日虽有些敏感，但气量还是有的，很快原谅了他。

但我们之间不知道为何，已回不到当初的状态。

日常我们虽也聊天吃饭，但他的目光总有些飘忽，有很多心事，不再找我诉说，他借了一些新书，也不再同我分享，阿鑫在我眼中渐渐变得陌生，而我也清楚自己在他心上的疆域越来越小，那他的领土都给了谁？

是消耗身体和灵魂的漫长备考，是迷茫不确定的未来，是隐秘而倔强的青春？我不知道，也不想知道。只是偶尔看到阿鑫那张越来越不快乐几近崩塌的脸，我就不禁在心底发问。

高中最后一次收到阿鑫的信息是在高考前一周，他说自己迫切想去苏大，不想留在省内，待在这里十九年，已经够了。我说：“看命运将你我安排，祝你如愿抵达心之所向。”

随后世事并不遂人心愿。阿鑫英语和数学出现塌方，去不了自己想去的苏大。那年盛夏末端，他在周遭同学的报喜声中，独自远行。家人起初反对，但最后见他情绪异常萎靡，关在家中形同困兽，便妥协，答应他一个人出去散心。

我是打电话到他家里时知道的。他母亲喷了几次话筒麦克，好像有些难过，但让我放心，“是去苏州了，他大表姐在那边工作，可以照顾他，所以没事的。”

自此，我跟阿鑫之间空出一段很长的空白。

直到如今，他又出现了。

我在微信联系人里找了找，才知道自己的确通过了一个叫“鑫之逆旅”的好友申请。随后，我与他聊天，他真的是阿鑫，那本神秘的《爱你就像爱生命》就是他看到我在朋友圈发表的状态后送来的。

故友的到来，仿佛让我顷刻间返回了那些年的青葱岁月。我们曾经骑过的车、借过的书、说过的话、五月吹来的风、抓过的蝉、偷看过的女生、做过的梦一时间涌上心头，像无数透明的丝线缠绕泪腺并紧紧拉住，倒向此刻现实的这一端。

这些年，自己笔下写过很多少年，就像阿鑫这样的。他们身上存放着太多我所眷恋的昨日风尘，在夏天的记忆路途中闪闪发光，引领我在浮躁的岁月里得以向后，回望青春，内心澄明。

在家的这几日，听得最多的歌是宋冬野的《安河桥》。每次听到其中一句“我知道那些夏天就像青春一样回不来”时，不免又想到阿鑫出门远行的那个夏天。

他坐火车去了趟苏州，走到苏大的校门前，一个人哭了。烈日灼灼，一个少年脸上有发烫的忧伤。为了一个梦，我们都曾赴汤蹈火，在所不惜，但最后却事与愿违，捕风捉影一场空。

我问过阿鑫，后来去了哪里，做什么。他说，去了一个独立学院读了四年，然后跟我一样考研了，上了 F 大。

我感觉阿鑫变了很多，不再像过去那么倔强、偏执。他不再执着于苏大，而且在日常阅读中，也不再对当下的中国文学反感，开始正视自己，懂得接受。

或许青春便是这样，经历了痛，受过了苦，才知道是自己低估了世界。其间的遗憾、彷徨、寂寞，都成为一个人成长必要的养分。当自己重新振作起来，梦仍青葱，如风自远方吹来，唤你前进，而我们眼前从不缺少路。

我们在微信上聊天，阿鑫说我一定没有读完他送的书。我问他为什么会知道。他说，因为我没有发现书中第九十五页是被撕掉的。我问他这样做的原因。

他在微信上打了一行字："因为我想亲自告诉你上面的内容。"

"什么内容？"我问。

他发来一段语音：

"十分想念你。非常非常想。"

住在父亲的心上

高一那一年，我还是个肩膀单薄的少年，离开村子，来到城里，从此开始了一段颠沛流离的岁月，多处辗转。每回陪我搬家的都是父亲。

当时学校宿舍紧张，十二个人挤在一间四十平方米不到的寝室里，像一群被关在狭小笼子里的鸽子每天啄着彼此的羽毛。家里生活拮据，父亲听我说明情况后，立马找了亲戚，安排我住在附近小区的杂物间里。没有床，父亲就拿他们家不要的门板架在结实的桌腿上，给我当作睡觉的地方。

夏夜，天热，屋子闷得像个密闭的盒子。我将风扇开到最大，效果却跟电吹风一样，呼呼地刮出热风来，我只好开门睡觉。那时十六岁的自己，提着一颗心，在紧张、害怕中沉入梦乡。

一个月后，我发现自己的后背长满了疙瘩。随后，我又在某天夜里打开蚊帐时看到一只蹦起的老鼠。它体毛黝黑茂盛，体型如养到一岁的猫，跳起来半尺高。我至今都记得非常清楚，那天晚上自己哭了，但因为年少倔强，觉得男生吃点苦是很正常的，便没有告诉家里。

最后，决定搬出来是父亲提的。

那天亲戚拎了两瓶汽油放在房里，那气味非常刺鼻，人在里面一刻都待不下去，如同在赶我走。我终于忍受不了，跟家里打了一通电话，父亲闻声便坐车来市里看我。他一脸愠然，却也无可奈何。当天，他拨了四五通电话后，跟我说了句："别人既然不想留我们了，我们就走。我已经联系了一个新地方。"

父亲所谓的"新地方"，于我而言，也只是一个临时的住所。

房主是父亲朋友的儿子，他一边准备考公务员一边在谈对象。房子离学校六百多米，内部还未装修，我每次打开门，都会迎面扑来一股焦灼的水泥味道。房主有个习惯，喜欢把门反锁。我几次放学回来在外面敲门，他都没听见，我又隔着门板大声喊他，他还是没听到。我在秋天的楼道里坐了很久很久，外面有树掉下叶子，飘进来，落到身上，我感觉分外难过，像突然被遗弃在某片陌生荒地上的人，找不到家。

即便如此，我还是厚着脸皮住了一学期。寒假时，父亲突然跟我说，房主要结婚了，打算装修房子，不方便住人，我们再去联系其他地方。我实在不愿父亲太累，也不想过“寄人篱下”的日子，开学时，索性又搬回学校。那会儿因为很多学生都搬到校外住的缘故，学校又调整了宿舍布局，由十二人间改为八人间。我勉强撑过了高二一年。

高三时，为了安心复习，更好地利用时间，我又决定搬到校外。

那时家里条件有所改善，父亲知道我的想法后又第一时间跑来市里给我联系住处。闷夏如笼，口舌笨拙的他不知道走了多少地方、流了多少汗才找到了一间三十平方米的出租房，五百块钱一个月。父亲当然不会告诉我他背后遭遇过的艰辛，他只是笑着说：“这下好了，再也不会有人来打扰你了。”

后来听母亲在电话里讲，父亲当晚很迟才到家，差点都赶不上最后一班回乡下的巴士。他累坏了，一回来饭都没吃，就直接躺床上昏睡许久。

搬寝室的那天，他也起得很早，清晨五点多就从村口坐客车来到学校。他打来电话，问我住在哪栋楼，门号是多少。那时铅灰色的云层不断在空中集聚，天色有些暗，我正在食堂吃早饭，吃完又要赶着去上早自习。我让他先在门卫室里坐一下，等班主任批下假条后再一起搬。过了几分钟，他打来电话，笑着说：“刚才有人找我，要办一些事，今天先不搬了。你就不要请假了，自己好好上课。”我听了，“哦”了一声，也没听他说完就挂了电话。

上午第二节做课间操的时候，憋了几个小时的大雨势如破竹冲刷下来，人群纷乱地逃回教学楼，远处的房屋、草地都陷入一片雨雾之中。我在走廊上抖着被淋湿的衣角，有值勤队的朋友跑来跟我说，他在检查宿舍时看见我爸正在搬东西，我听到后疯了似往寝室跑去。打开门，只见自己的床位空了，行李箱被人扛走了，脸盆、毛巾、牙膏、牙刷都消失了，瓷砖铺的地板上留下了一排印迹很深的脚印，带着一些水花和泥渍。眼睛像被泼了辣椒水，火辣辣的，很疼，脸上的表情顷刻间塌方。

我趴在空荡荡的书桌上不住地流泪，脑中涌现的是一个老男人在大雨之中肩上扛着重物踽踽独行的背影，越来越远，最终变成雨幕里一个再也无法瞥见的点。

我不知道自己究竟哭了多久，直到看见室友回来后，我才擦干泪痕。他问我："你是真的要搬出去了啊？"我看着他，脑子里晃过了什么，立即冲出了寝室。"你干吗，外面还在下雨呢，喂……"室友的声音很快就被丢在大雨之外。一路上雨都在磅礴地下着，我没打伞，只朝着租住的那个地方不断奔跑。

推门进去的那一刻，整个世界寂静得如同默片。时间停在了父亲那张苍老、塌陷的脸上，我才发现父亲的眼袋已经那么深，手臂也已不如壮年，搬家途中的磕磕碰碰都像烙印打在上面。他弓着腰，像匹骆驼，见我到来，也无多余的话，只轻声说了句"一切都处理好了”，之后他给我倒了杯热水，催我赶紧回去上课。

我看着杯口腾腾上升的热气，觉得自己就像它们中的其中一缕，只在这人间飘荡，没有丝毫力量。

那是我度过的最为漫长的一个上午，真切感受到自己年少的世界是要靠父亲撑起的。他的脊背是屋檐，臂膀是房梁，替我挡下了风雨，也挡住了贫困的悲哀。

未来，无论我要去多远的地方，要搬多少回的家，我知道自己都始终搬不出父亲心上的居所，那里住着的人永远是我。

自己与这间陋室的命运紧紧相连，它清楚我所有的孤独与忧愁，安抚我所有的无助和痛苦，也见证着我从男孩长成男人的过程。

你的喜欢，我会记得

第一次写情书，是记忆中已被荒草覆盖的高中时代，十八岁。

情书里的内容，我也记不清了，唯一能够记住的，是用楷体字在信封上认认真真写下的，收件人的名字。

青葱少年时，莫名其妙就喜欢上了一个人。可能是对方从我家门口走过时的背影特别纤瘦好看，可能是对方笑起来时有种让冬天瞬间成为夏天的魔力，也或者是因为对方撑过的伞、看过的书、用过的笔记本正好是我喜欢的那一款。也因此知道了她路过我家的时间、经常去的文具店以及平日看书的口味。

我曾数次站在虚掩的门里，透过门缝看她走过，然后立刻背上书包出门，跟在她身后。她是像马蹄莲一样的女生，温和素淡。除了校服外，她平常也只穿单色的衣服，上面没有幼稚的卡通图案或者傻不拉叽的英文字母，也没有妖娆的花边。她家教或许很严，自己也已养成一种习惯，从不披头散发，不是剪短就是扎成马尾，显得清清爽爽。她从来不会买路边的小吃，也不会在卖零食的超市前停下半步，她一直向前走，马尾轻轻地一甩一甩，也从来没有回过头，发现我的存在。

这样的一个女生，仿佛周身充满着森林深处干净的气息，与那么多喜欢争抢、化妆、嗑瓜子的女生都不一样。在她转校来到我们班后，我上课走神常常会走到她那里。她爱用蓝色墨水写字，写在笔记本上的字体像风吹下的叶子被她捡起，并整齐地排列在一行一行的黑色横线上。她每周做语文摘抄，摘录的句子、段落，都是很有哲理的那种。我利用担任语文课代表之便，逐字逐句都读过。

印象最深的，是她写过《西西弗的神话》中的一段话："活着，带着世界赋予我们的裂痕去生活，去用残损的手掌抚平彼此的创痕，固执地迎向幸福。因为没有一种命运是对人的惩罚，而只要竭尽全力就应该是幸福的，拥抱当下的光明，不寄希望于空渺的乌托邦，振奋昂扬，因为生存本身就是对荒诞最有力的反抗。"

那时还是十几岁的年纪，会读法国作家阿尔贝·加缪小说的女孩就像来自外太空。而我或许是好奇心作祟，或许是荷尔蒙骚动的缘故，迫切希望自己能去她的世界里看一看。

那年毕业前，我开始写情书。

一个周末的下午，午后三点的阳光透过百叶窗折射进来，白墙上留下规整的灰色线条，就如同一张信纸，被时间书写着点点滴滴。我在姐姐的抽屉里找到了很多颜色素淡的信纸，一张张小心翼翼地撕开。

夏夜，入窗的月光明亮皎洁，城市无风，略闷。我在台灯下一边擦汗，一边翻看着民国时期文人写给自己恋人的书信集，花了近半月的时间翻来覆去找了很多句子，再从中挑出自己喜欢的，在草稿纸上改了改，再用蓝色的钢笔水一笔一画誊抄到信纸上。因为想得到完美的效果，所以信纸上不允许有任何差池，哪怕是一个标点写错了，都要强迫自己重新写起。其间，写坏了多少张纸，汲了多少次墨水，已不愿清算。这样认真的劲头是以往看书复习考试都不能及的。

夜夜的辛勤付出，最后终于得到了一封长达五页的情书。心想这足以感天动地。

写完最后一页的落款“有一朵云喜欢你很久很久”，我轻轻往未干的字上吹气，心里很开心，像吃了很多很多糖。

也曾想过像偶像剧里那样，老套地把信件放到她的课桌里，或夹进她书中，又或者选择傍晚放学回家一个斜晖照在彼此身上那样明亮而隆重的时刻，把信给她。想让多少个夏夜里纯情的念想得到她掌心的抚慰，也想看到她羞赧之后的微笑点头。但内心有只畏惧的兽，牢牢揪住我，让我放弃这些想法。最后情书送出的方式是，我只贴上一张 80 分的邮票，将它投向了那个呆板而沉默的绿色邮筒。

两天后，班长从班级信箱里取出“情书”，交到了她手里。看见她拿起信的瞬间，我的心提到了嗓子眼，并努力把冻住的头往一侧摆，不想让任何人发觉我的异样。但我在余光里看到她并没有拆信，只是愣了一会儿便把信放到了书包里，脸上表情非常平淡，好像她曾收过千万封相同的“情书”，不拆也知道里面的内容。我通红的脸，瞬间也冷了下来。

一周以后，我没有收到她任何的回复，写在信里的联络方式像一处自作多情的伤口，被展示着。我心疼，难过，想到自己半个月熬夜得来的成果，难道就这样石沉大海，付之一炬？又转念一想，她是不是回去后忘记看那封信了。不甘心的我决定亲自问问她。

那天她和几个同学负责值日清扫，我站在走廊上等她，内心紧张、慌乱，感觉自己成了一架钢琴，有千万只透明的手正将我激烈弹奏。和她一起做卫生的同学先走了，教室里只剩她一个，在摆弄着讲台上的粉笔和黑板擦。我等不及了，走进教室。

她抬起头，用手指勾了一下飘到眉间的发丝，看着我，眼睛里像是有泉流涌出。

“这么晚了，你怎么还不回去？”她微笑着，问我。

我瞬间说不出话了，只对她尴尬傻笑了一下，在心里排演了几十遍跟她说话的场景、设想过的回应、理想中的“后来”，此刻都输得面目全非。

我多想喊住她，跟她说起我写下的信、对她的情感，但直至她走后，在日光灯下空留一道很浅很浅的背影，我都没有勇气说出自己年少的心事。我看了一眼黑板上高考倒计时，从最初的三位数已经瘦成两位数，再过段时间就只剩一位数了，我能跟她说话的机会已少之又少。那一刻我咬了咬牙，冲出去，我想追上她。

闷夏，我满头大汗跑着，喘着粗气，终于来到她面前。

她有些诧异，看着我，很快从我的表情中读取到了她料想到的信息，表情恢复平日的淡然。

“信……信……那封用蓝色信封装的信，你看了吗？”我用力从口中挤出这些字。

她摇了摇头。

“你……你是……忘记看了吗？”我很想她能给出一个肯定的回答。

结果，她仍然摇了摇头。

我立即转过身，朝她的反方向跑，夏天真热，不知道是汗还是泪洒了一地，我眼前模糊一片。

已逝去的时光，像夏蝉褪下的旧壳，落得满地都是，轻轻一踩，便发出酥脆的碎裂声响，就像我的心。原来努力想去喜欢一个人得到的结果仅仅是这样。所有的期待，所有的幻想，都化为此刻卑微的灰烬，落到何处都无人察觉，只有自己真真切切心痛不已。

我擦了擦湿润的眼角，撑着表情，忍住心中少年时代特有的崩溃。跟自己说，以后不准再做这样的蠢事了，绝对不会有第二次了。

高考前一周，高三学生陆陆续续把书搬回了家，曾经堆满书的课桌上顿时空空荡荡，如同告别的前奏。我在整理抽屉的时候，一封信掉落在地，我拾起一看，正是自己写给她的那封。完完整整，不曾被谁打开。

她是什么时候悄悄还给我的？我在脑海中检索不出答案。自从那次狼狈地转身之后，我再也没有和她说过话，平日里也躲开她。她是我一段不愿再触碰的记忆。

就在我把信放到书包里的那刻，我看到了信封背面一行清秀的字迹，是她写下的。

一瞬间，我的内心变得复杂起来，在教室里沉默站立许久。直到最后一个要走的同学过来，拍了拍我的肩膀，说，祝我考试顺利。我才缓了过来。

那个夏天在我的青春里打上了一块烙印，有我最天真的浪漫，有我最隐秘的忐忑，有我铭记不忘的忧伤。有些人，你念念不忘，必有回响，而有些人却自此杳无音信、下落不明。她和这封信就这样永远定格在了我十几岁时的世界里，没有回声。

大学毕业后，我参加了一次高中同学聚会，虽没再见到她，但仍可听到旁人说起她。她出国读书，然后在国外找了对象，快要结婚了。多年以后的自己早已不是昨日的青葱少年，听到这样的消息，虽然心里仍有一丝难过，但多半已换作对她由衷的祝福。

席间，一个同学走到我跟前，轻声地跟我说，曾经看见她悄悄在我抽屉里塞了封信，打趣问我那是情书吗，上面写了什么？

我说，写的仅仅只是一句毕业赠言，祝君事事如愿，年年好。

其实，信的背后，她写下的一行字是“谢谢你一直关注我，只是我真的不适合拆你的信。你的喜欢，我会记得”。

第四辑 生命尺素

星空

皎洁的月光之下，湖水在风中荡漾出银亮的眼睛。一阵阵粼粼的波光，仿佛是无数的星星从天宇上垂落而下。

远离白昼喧嚣，我们都需要有那么一段安静的时光去看看星星。

星星是这世上最为清澈善良的眼睛，它看待任何人，都只是默默地发光，或者无声地打量，没有多余的颜色和情感。那么静静地从高空贴进你内心，像微小而温暖的灯盏。

看星星的时候，最好是在盛夏晴好的夜晚，四周寂静，连一丝蝉鸣聒噪也没有，青藤沿着故事的墙壁蔓延，长刺的蔷薇收敛起自己尖锐的部位，风中，一切都是柔软的抚慰。星辰在浩瀚如海的天宇中悬挂，恰似宝石般铺缀，一排，又一排，数着数着，指尖就失去了顺序。苍茫人世中，一切因缘善果就那样散着，原本便不属于你的意念与固执。真诚地仰望星空，要像对待寂静时光里一位善良的女子和一份朴素的爱情。

自小便觉得星星是属于童话的，简单干净，远不及高山、大河一般逶迤磅礴，也不及街衢楼宇一般林立喧闹，它是单纯念头里的虚幻灯芯，只一夜便可燃尽。而印象中数星星的人大抵都是儿童，脸颊天真，目光纯澈，对世界抱有希冀与幻想，没有险恶的心智和圆滑的面容。他们被嘲笑的时候，看星星，被打击的时候，看星星，被生活抛弃的时候，看星星，被命运捉弄的时候，也看星星。

梵高的《星空》最早让我看到了眼泪，画布上那些环绕着夜空的星辰用扭曲而神秘的姿态展露出光环背后巨大的暗淡，如海般汹涌的忧伤情绪架设在无止境铺展的幽蓝天幕之上，像极了绝望中没有去处而袒露于荒野的困境，是一滴滴的泪噙在画布之上。抽象的人生总像玄秘的哲学，拥有他人无法理解的执念与理想，或许死有时便是一种必需的解放。当子弹从被扣响的扳机中冲入自己的耳鼓时，梵高解脱了，这个世界的喧哗、嘲讽、风月与烟柳都不再与他相关，爱恨愁苦也都付诸流水，但是，他的星空却在静默中留下了忧伤。

陈信宏在《星空》里唱道：“命运偷走如果，只留下结果，时间偷走初衷，只留下了苦衷，你来过然后你走后，只留下星空……”年少风一般的声腔里蓄养着太多的不舍与依恋，穿过时间的枝丫抵达如今，听着便动容了，心同花草般摇曳，滋啦滋啦地疼。

因对歌曲的喜欢，闲暇时我便找来改编自几米同名漫画的电影观看。镜头里是两个美丽的孩子，坐在湖边的小船上，天真而孤单地望着那个盛夏的夜空。雾气弥漫中，小美对小杰说："我真的好希望你能看见星空。"后来女孩昏迷了，男孩背着她在草地上不停奔跑，抬头的一刹那，星空出现了。繁星点点，泪光涔涔，在这本应无限美好的年岁里，孩子却在大人们离散的情感中用花朵般柔软的心，承受着那一份成长中的困楚与悲伤。

曾和朋友 J 在兰屿岛上住过一段时间。每天夜里，我们都会骑着单车来到龙头岩看星星。因小岛偏僻，途中不见路灯，我们摸黑前往目的地。山在左边，海在右边，路上除了我跟 J，一个人也没有，世界显得大而空旷。单车停下来的一刻，我们不再是匆忙的赶路人，抬头望天，星光洒在睫毛上，再进入瞳孔，像一个吻拓进心底。"这里的星星真多啊！"J 微笑地看天，又看着我。突然，他转过头，指着其中暗红色的一颗，兴奋喊道："那是火星，火星！"我问 J 为什么那么喜欢火星。他说只有火星跟其他星星颜色都不一样，那么特别，那么孤独，太像我们了。

双子座流星雨落下的那天，我在北方的雪地上独自望着星空。流星如梦缤纷坠落，身旁陌生的人都在相互拥抱，激动呼喊。自己的内心便也跟着落下准备了许久的良愿，关于亲人、朋友、自己和看不到形状的未来。那些迅速闪过的弧线，明亮而短促，像极了那些没有细细回味的人生，一段接着一段消失。

那一年抬头仰望星空，有那么多灿烂的梦悬挂头顶，只是多年以后在青春的光年外回想，猎户、织女、天狼，那些星座继续保持原样，我们却渐渐失去模样，只剩湖泊般平静的心偶尔闪出粼粼的光。

荒原

一直以来，你的内心似乎有很多话要对这个世界诉说，却总是无法找到一个切入点。越长大，这样的勇气越被时间消磨殆尽。

水蓝色的星球每天都在运转，人们行走的步履总是那么匆匆，从深水里跳出来又即刻投入火坑中，机械的面孔，漫无目的地生活。你常常站在十字路口看向他们，在绿灯亮起之前迫不及待地发声，询问方向，他们却不曾回过头来，对你微笑，和你说话，甚至连一个简单的手势都没有。忙碌的时代抽走了每个人热情的骨架和血液，植进体内的是一种冷漠的芯片。

我们走在钢筋水泥的城堡里，每一天都像冬天。时间剥夺了太多人说话的权利，你变得越来越沉默。

小学一年级，学校领导到你班上听课。教语文的是个矮胖的中年老师，她把嘴角翘到最高弧度并提着嗓子问：“小朋友们，你们说弯弯的月亮像什么？”全班几乎异口同声：“像小船！”就你非得接在后面大声说：“像豆角！”声音像根刺扎进胖老师的耳朵里，她脸上当场掉下一斤多的粉底。她撑着笑容又问了你一遍，你吐出的还是那个答案：“像豆角！”课后，胖老师把你叫到办公室，气呼呼地训斥你存心捣蛋，扰乱课堂秩序。“可是，为什么月亮不能像豆角，我觉得它就是像豆角啊！”你抹着一脸泪花委屈地问她。胖老师瞪着你，没有回答。

那时，你没有见过河，也没有看过海，每天都背着蜗牛一样重重的壳在城市里按照既定的路线行走，自然不知道船是什么形状，跟月亮又有多像。你只知道妈妈每天从菜市场买回家的豆角，形状弯弯的，就像月亮。

小时候，妈妈逛街时总会带上你。有一次，在路上碰到一个熟识的阿姨，你原本想打招呼，妈妈却伸手阻止了你。于是，你疑惑地看着这两个大人，她们擦肩走过，却不再说话，目光愠然，表情漠然，冷到气温降下好几度，每寸空气仿佛都凝固。你问妈妈：“前阵子阿姨不是还给我们家送来好多东西吗，您还和她说说笑笑的，怎么今天你们都不说话了？”“小孩子家的问这些做什么，大人的事你又不懂。你只管好好学习，否则，就叫你爸把你送到乡下跟农民伯伯种田去。”妈妈用这些话搪塞你，你嘟着小嘴，感觉大人真讨厌。

那时，你不知道成人的世界有多么复杂。他们会为一句话、一个动作耿耿于怀，会为一个鸡蛋、一张纸币斤斤计较，也会因为一个错误、一件小事而恼羞成怒。他们各自规避，彼此隐瞒，以利益得失衡量一切。你俯在窗边，常常看到天上的黑色气流越来越多，觉得那是大人们生气时释放出来的。你托着下巴嚼着那个阿姨以前送你的糖，越嚼越没有味道。

后来，你也逐渐长大，对这旖旎世界存有的困惑也越来越多。它们盘根错节地生长在你的大脑里，开出紫色的叶和蓝色的花，而你越来越不敢问这世界什么，因为你知道，没有多少人愿意停下脚步听你诉说。

曾经，你的好友和一个男生好上了，你问她："恋爱是什么感觉？"而后，好友跟男生分手了，你又问她："你们不是说要一起走到地老天荒的吗，怎么说分就分了？"女孩哭着跑开了。

曾经，你准备好一沓材料去申报某个项目，领导用眼神示意了你一下，并拿出烟盒敲着桌角，说："再等等吧，我觉得这里面还有一个不妥的地方。"你问："是什么？"

曾经，你感觉工作受挫，找朋友到公园里散心，看到池里的鱼群摇摆着尾巴游过，你问朋友："我们这样挣扎地活着，是为了什么？我们究竟要游到哪里去？"

朋友们都说你简直就是一本《十万个为什么》，简直比《聪明的一休》里那个“为什么”小孩烦人一百倍。

“你真是太天真了，有些事明明不需要去问，你却偏执得让人讨厌。”

“再这样下去，世界迟早都会把你抛弃！”

你垂着头，丧着气，摸摸脑袋，还是不明白自己做错了什么。

这个世界充满了秘密，你带着好奇心努力地去询问，认真地去探求，结果往往得到的却是他人的愚弄、欺骗、不屑或者嘲谑、冷眼、沉默。于是，你不知道哪些问题该问，哪些不该问，哪些问对了，哪些问错了，哪些人会回答，哪些人不会回答。

我们越来越像哑巴，对这世界，刚要张开口，却忘了自己究竟要问什么。

世间繁花锦簇，我们的内心，却日渐成为一片荒原。

好物不惧岁月长

在“过剩时代”，我们总能轻松找到每一种事物的替代品，但在某个物件上有过的情感却难以复制。

有些事物从自己的生命中消失了，与之相关的时光也将变得残损不堪，所以我珍惜生活中的每一个物件，像爱恋人一样爱它们。

我的布制钱包已经用了九年。深蓝色牛仔布到现在褪成浅蓝，边角也不再整齐，有了抚不平的皱褶，像是坏掉的耳朵，逐渐萎缩，却也没被时间拧下来。

好几次跟朋友去逛街，吃饭，付钱时拿出它，好多人都投来嫌弃的目光。朋友问我为什么不换一个，这么旧了，看着像从路边捡来的。我没直接回答，只陪着她笑，摸惯了，换个新的，手就不认识了。

我承认自己也喜欢新事物：海边的日出、刚出世的孩童、新开的饮品店、初绽的凌霄花，但这种喜欢往往只是眼睛的想法，我的手不干。我的手早已不如幼童那般光鲜饱满，时间有时变成刀，刻它，有时成为鬼，吸它。它的皮和血，都已伤痕累累。或许是新事物让它有压力，所以它选择跟它一样被时间刻了痕迹的事物。

我喜欢用旧的字帖和羊毫脱落的毛笔。

字帖是水写的那种，用笔蘸水即可在特定纸质的帖子上书写，水干，则字消失。内容是王羲之的《兰亭序》。闲暇时，我常从书柜里取出它，静下心写上几个字，特别是写到“向之所欣，俯仰之间，已为陈迹，犹不能不以之兴怀。况修短随化，终期于尽”和“固知一死生为虚诞，齐彭殇为妄作。后之视今，亦犹今之视昔”两处时，内心尤为澄净，笔下的羊毫也写得慢，仿佛在细细咀嚼，轻轻回忆。

这本水写字帖被我写了无数遍，已是“垂垂老矣”。最近一次拿出它，才看清楚它现在的模样：红色线条已经模糊，水蘸上去后成墨的效果也不明显，纸张更是发黄，跟迟暮女人的脸似的。毛笔上的羊毫也不白了，黑的黑，掉的掉，竹制的笔杆表面早已不复油亮顺滑，经受南方潮湿发霉的天气后有了大大小小的霉斑、黑点，洗也洗不掉，仿佛人的心中无法去除的污迹，沾上了就是一辈子。

时常触碰它们，已如熟人，彼此有了感情，日后若再用新的纸、新的笔，都不顺手。手很专一，只认得它们。我见它们老去，身体里竟翻起酸楚，捣得内心不是滋味。

手里离不开的还有书。

我的居室尽被书筑墙，它们把我围困，给我爱，我像羊羔似的离不开它们的圈养，又如缺爱的人竭力抱住这些沉默却忠诚的情人。博尔赫斯说，天堂应该是图书馆的样子。所以，我期待去天堂做客的那天。

中意的书看过一次是不够的，隔三岔五翻翻，才能细细品到个中说不明道不破的味道，但看着看着，书不免也会老。经常去二手书店里淘书。看到有些书未被太多人翻阅就沦落至此，跟着其他旧书一起发出霉味，感觉自己面对的是一群过早衰老的人，多少有点替这些书遗憾。

时间真不是个好东西。

曾在台北看过蔡明亮导演的电影《天桥不见了》，一部只有22分钟的短片。

影片里陈湘琪扮演的角色在中国台北车站前不断地徘徊，像在等谁，又好像等不到谁。声音嘈杂，天气闷热，她神情抑郁，心情焦躁，总怕错过什么，想站在对面高楼上把这一切看得清楚些。这时见一女人拉着行李箱横穿马路要到对面去，她便跟着过去，警察吹起口哨，拦住她们。在与警察的争执中，她辩称自己原想走天桥的，可天桥因城市建设被拆了，不见了，并不是她的错。

天桥不见了，记忆像被挖掉一截。事物模样的改变或消失，影响着原本依靠它、习惯它的人群。

人与人相识，讲缘，人与物，同样如此。画满青春符号的笔记本、以孤独为食的多肉、桌角层层堆叠的CD……每件日常物品，都住着我们的灵魂，在相当寂寞而艰难的时光里，它们支撑我们前行，让我们走到现在。它们在时间里浸泡，而时间又把它们酿制成了绝妙的酒醋。

真希望这酒醋能珍藏得再久一点，等到坛边青苔长出，覆盖所有光阴，我会将它取出，尝一口，提醒舌苔，别忘记过往的味道。

李宗盛说："多年以后，审视摩挲旧物对我来说，往往意味着自己与人生某些部分的和解与释然。"

旧物的意义是它随时为我们铺设一条可回去的路，看见那扇叫作昨天的门仍旧敞开，欢迎着面对世事已经学会放下的我们。

风来雨去，因为它们，所有的旧时光才如此温暖，让人念念不忘。

既然活着真好，那就努力活着

每周五，我都会给家里人打电话，报声平安或者聊聊最近工作的情况。这是我十九岁离开家去外地念书后，爸妈要我养成的习惯。如果我忘记打电话回家，他们会很担心，会在深夜急切打来电话。

说实话，从小我就不是一个特别努力的人，可能是父母在身边的缘故，总觉得他们会安排好我的人生。可当我读完大学出来工作后，我才意识到他们只是能陪我走一小段人生的人，未来更多时候都要靠自己去走，去闯。他们不是我的保护伞，不能为我挡住所有风雨。

从去年九月来大学工作后，我都非常认真地准备每一件事情。除日常教学以外，还负责学生社团管理、带学生出去采风以及筹办文学大赛。那段时期，整个人就像一台停不下来的机器，轰隆隆运转着。

国庆节前夕，本来想给自己一场青海湖之旅，但因要处理的事情太多，便遗憾取消了。没想到，随后生活给了我重重一拳，我花了很多精力做的事都付诸一炬。

夜里上完课，回到住处，肠胃炎突发。我疼得在地上打滚，眼泪都掉下来了，最后自己咬着牙拿出手机叫来救护车，进了医院。这事直到现在都没有跟谁说过，我是个不想麻烦别人、也不愿别人担心我的人。

那天正好是周五，爸妈像往常打来电话，我没敢接，怕一接他们就知道真相。身处疼痛中的人一旦说谎，即便说话内容可以骗人，但声音很难骗到对方。我没有回拨过去，只轻敲几行字发送给我爸："爸，妈，今晚我有补课，刚下课，诸事平安，你们好好睡。"

在医院躺着的那晚，我能感受到有的生命正在逝去，有的生命正在赶来。有人痛哭，有人欢笑，轮子与地面摩擦的声音一会儿近，又一会儿远。

我在疼痛之余，内心却异常平和。想到死，有一天或许就像这样，突然到来，又会在某个瞬间结束，过程可能异常剧烈，但终究会静如冷冬的海平面。

当一个人曾经靠近过死亡，写过死亡，他就不再害怕死亡，它同生一样，都是生命需进行的一个程序。如史铁生所说："死亡是一个必将到来的节日。"

有时想想，能走出医院的人都很幸运，因为他们都是死神不想收留的人，虽然只是暂时的，但我已经无比满足。我能看到洒在公路、街衢上的阳光，可以摸到每一棵树的叶子，可以笑着和认识的人打招呼，可以跟亲人通电话报声平安……

自己像获得一次新生，因为我知道平日里这些不以为然的事物，会在你体验过即将要失去整个世界后，显得尤为重要。而这些，许多人已经没有机会见到。

"既然活着真好，那就努力活着吧！"我开始时常在心里跟自己说这句话。

怎样活着，成为我思考的问题。

根据自己的身体状况、经济基础、兴趣爱好，主动去过有意义的生活，而不是被生活压迫，气喘吁吁。

我开始不再逞强，尽可能量力而行，不再逼着自己去做一些繁重的事物，即便要做，也懂得要跟其他同事一起合作。

我开始喜欢上旅行的感觉。无论多忙碌，我都要抽出时间去一个陌生的地方，放空自己，然后再回归日常生活。

我开始放下年少的情绪，去书写鼓励他人热爱生活的文章。

我希望自己写下的字字句句，都能将我心上的温度，传递给这个世界上亟需温暖的人，让他们有过的烦恼、痛苦、失落、迷茫、绝望都得到应有的去处。

我想让每一个读者都能清空内心的房间，只住着简单而快乐的自己。当他们写来一封封信，发来一个个消息，肯定我的文字，并不断鼓励我前行，我发觉自己的人生真的不再苍白，而是充满意义。

在电影《蓝色大门》的结尾，孟克柔说："三年五年以后，甚至更久更久以后，我们会变成什么样的大人呢？是像体育老师，还是我妈？虽然，我闭着眼睛也看不见自己，但是我却可以看见你。"

曾经在对岸读书时，阿丁也在九份的山顶问过我这个问题。当时我们都在望着底下的阴阳海，蓝绿色交织的海面，鸥鸟翔集，像衔着一个又一个的未来，飞来飞去，始终无法确定会停在哪。我没有回答阿丁，这是我给不出答案的问题。

但我非常确定只要心有光芒，按照内心的意愿脚踏实地地前行、付出，我们每个人就不会过的差。

一直爱听五月天的那首《倔强》，"当我和世界不一样，那就让我不一样，坚持对我来说，就是以刚克刚，我如果对自己妥协，如果对自己说谎，即使别人原谅，我也不能原谅……"唱着这一句一句，感觉有风吹来的时候，身后就会长出翅膀，带我飞翔，离开困顿、迷茫的生活表面。

生命的意义从来不在于从降临人世到告别人世这一自然规律，而是在这过程里对自我的不断挑战，用自己喜欢的方式生活，并留下被人惦念的痕迹。

一路走来，或许路途并不顺畅，被现实狠狠打击、被人尖酸嘲讽，但你一定要守护好内心的神明，与他相拥，砥砺前行。

在大雪封山的时刻，在大雨如注的街头，荒野无灯，所有人都背过身，孤独、彷徨如箭镞扫射而来。不要怕，我会同你一起拿出生命的盾牌抵御艰难世间良多苦痛。

向前走，就这么走，风雨如晦，点灯如归。

陌生人，如果你在路上遇见我

那年冬天，我去哈尔滨见一个朋友。途中，发现自己手机落在住处，但心想着朋友应该会在约定好的时间和地点等我。

火车到站时已是夜间，我出了火车站，在人来人往中却没有看见朋友。半小时过去后，我试着向身边走过的人借手机，但他们都回绝了我。我只好向附近公交停靠点走去，坐上去朋友学校的车。这是我心里第一次感到绝望。

那天下了好大一场雪，我试图寻找附近的网吧和朋友联系上，但寻寻觅觅仍旧无果。夜此时越来越深，雪也簌簌落着，我一个人穿过一条灯火稀疏的长街，双手紧紧抱住自己，面颊红得似乎发紫了，嘴唇更是凝结一般，稍稍动弹一下都觉得疼。

任凭冷风横冲直撞。不知走了多久，在一个路口，一个年轻人从我身边路过，他个高略瘦，眉清目秀。起初他同所有陌生人一样径直走远，或许是擦肩时他从我微皱的眉间知道我此刻需要别人的帮助，有些不忍心，走远一些后又折过来。他语气轻缓，询问我的一些情况后，带我往就近的一家旅馆走去。一路上似乎所有的路灯变得比之前更亮了，雪花落到我的瞳孔里，也没有原先那么寒冷。

这是我人生第一次从陌生人那里获得了温暖。

美国诗人惠特曼曾写有一短诗《给你》。诗中写着："陌生人，如果你在路上遇到我并想跟我说说话，你为什么不该跟我说话呢？我又为什么不该跟你说话呢？"

沉湎于俗世中的人大都冷漠，心上的温度比雪天还低，与人相处总会设防，唯恐他人伤及自己。

人与人之间是隔着一扇门的，谁都不愿打开，即便那只是扇原本就不存在的门。

我第一次感受到陌生人的冷漠，是高一那年寒假去城里的姐姐家玩。他们小区外面有买早点的摊位。那天一大早，姐姐便起来做早餐给我吃。我要回去，不过先得坐公交到汽车北站，然后再转大巴到乡下。我口袋里有一张十元纸币，我想跟卖早点的中年女人换零钱坐公交。女人知道情况后，对我摆摆手，很不高兴地说："我这儿没零钱！"当时姐姐在背后，我灰溜溜地跑过去找她。她笑了一下，说我傻，让我去买份早点就可以了。我说自己都吃过了，肚子不饿，而且人家说没有零钱。姐姐这下一边笑，一边向早点摊位走去，不一会儿她把硬币放到我的兜里，跟我说："你不光顾她的生意，她怎么会帮你？你真是小孩子。"

我当时就像被人欺负一样难受，"她怎么可以这样！"我想冲过去，姐姐一把将我拦住，"现在社会都是这样的，对自己没利益的事谁会去做？你快坐公交回家。"那个早上我独自坐在车厢最后一排，看着车窗外的世界，这座被称作"故乡"的城市慢慢后退，变得越来越陌生，心里浮现出一个词——世态炎凉，自己原来真的太单纯了。

时常想起高三那年的冬天，自己也尝过世间的冷。南方下着雨夹雪，夜里只能听到门窗和屋顶上发出的沙沙声响。我发烧，难受得像无数针尖直往脑门里插。老师见我难受，将我送进医院，之后便事不关己走掉了。我坐在偌大空旷的医院里，看着身边输液完毕的病人一个一个离开，医生、护士也都消失了踪影。夜深了，世界仿佛都空了。

我看着青霉素一滴滴进入我的身体，好像孤独成群结队占领了我。我去厕所，提着瓶子在昏暗的光下蹒跚前行，仿佛是提着自己的心，晃着、荡着。某一瞬间，臂膀上的血管竟清晰可见，像是这夜的灯芯。我匆匆回到病房，心悸难耐。因没办理住院，便觉得身旁的床与我也是隔着距离的。我只呆呆坐着，不敢睡，看着瓶中液体殆尽，眼睛也不敢闭去。身体有时倾到墙壁，猛地缩回来。墙体发冷，像是铁做的。夜越来越深，世界像艘沉船。雨点继续撞击着玻璃船，沙沙沙。我不知道自己是怎么睡去的，到底睡了多久，最后又怎么离开那医院。只记得那天我是被这世界忘记的孩子，只有窗外的雨陪我落了一夜。那时我还不到十五岁，脑中却突然想到死。

作家萧红也有过这样的时刻，四下无人可依，只能紧紧抱住自己。我到电影院看了两遍《黄金时代》，萧红短暂的生命里有过三四个男人，但她内心实则孤寂。印象很深的一个场景是寒冬里，萧军不在身边，萧红一个人打开旅店屋顶的窗户，高空的风吹刮着她的头发，衣襟飘飞，城市在她脚下，房屋交织，街上的树早已落败，只剩光秃秃的枝丫挂着层稀薄的白霜。

影片结束后，我回到家中，翻出她所著的文集，找到相应的片段，见她写道："整个城市在阳光下闪闪灼灼撒了一层银片，我的衣襟被风拍着作响，我冷了，我孤独得好像站在无人的山顶。"这是冬天带给她的孤独，这是爱情带给她的孤独。雪默默下着，孤独在加深我们的寒冷。

那天，陌生的年轻人将我领进一家宾馆，知道我身上钱不够，为我垫了房费。他说我朋友的学校离这儿很远，今晚就先暂住着。随后他把手机借给我，我登上了QQ和朋友取得了联系。朋友原来也到了火车站，只是一直没打通我的电话，在门口等了一会儿心想或许是我有事没来，自己就回去了。我们约好明天见。把手机还给陌生男子的时候，他让我去洗热水澡，然后好好休息。我点点头。

随后我捣弄着行李，拿出衣物，羞赧地看着他。他在房间里烧水，碰见我的目光，也好像知道些什么。他站在角落里倒好开水递给我。我冲他笑笑，接过水杯。手心突然间暖了起来。随后他要走了。我好奇地问他，为什么会帮一个素不相识的人。他答道："多年前，我就和你一样。"门被关上了，他个高略瘦的背影消失了。桌上只有一杯冒着热气的开水，但就是这丝丝热气仿佛能驱走所有严寒。

那个夜晚，我一生都不会忘记，一个我连名字都不知道的人帮助了我。他让我知道在自己身处窘境时，还有一双手是温暖的，它不是来自你的恋人、家人，它也许只是来自一个你素昧平生的人。而我该怎样回报给予自己恩情的陌生人呢？所能做的无非就是把爱传递下去。

此后，我走在路上，若是有看到雨中奔跑的人，会把伞撑到他们头顶；在街边碰见囊中羞涩而无法回去的旅人，我会递给他们五块、十块人民币；在刮着风雪的大地上，遇到蜷缩在角落里靠孤独取暖的人，我同样也会像曾经的那个年轻人一样伸出自己的手臂，让失落的影子暂时有个同伴。

迟子建说："真正的霜雪，如果不用心去融化它，是送不走的。"

面对世间冷漠的高墙，如果我们每个人都不献出自己的微薄之力，那么它永远也不会被推倒，反而将越砌越高。

碰到难挨的日子、困顿的处境时，我们需要一个肩膀来依靠，需要一个拥抱来温暖，不管彼此是否认识，也无须考虑性别、身份，我们都应该试着去成为一个善良有爱的人。这一份出自人类最质朴纯美的情感，我们需要传递下去，不要让它悄悄遗失。

小小的力量就是小小的星辰，当满天繁星都亮起的时候，黑夜就不会再让人害怕。

我知道，此刻你身上也还存留着爱和温情，那么就请你发出自己的光芒，去照亮黑暗中的荒原，去暖化每个冬天的雨雪，让身处四海的人都能循着你的光源找到家的路径。

萤火少年

炎夏，我坐在窗边读谷崎润一郎的小说《细雪》，感觉燥热烦闷的季节都在往后退，空气变得清凉而安静。

书中言辞极美，读一句，便像有清泉从纸上涌出，吻过唇部。尤其写到赏月、扑萤，都是美到窒息的场面。

童年时的夏天，总有萤火虫飞过。夜里，我们到池塘边或稻田里一找都是。它们像朋友一般在那等候，看见人来，便纷纷飞起，让人跑着，追着，跟着风呼啦啦长大。

七岁时，我跟姐姐们去河边捕萤，举着用塑料袋套在铁丝压成的圆圈，在草丛里蹦蹦跳跳。萤火虫飞蹿出来，我们一抓一大把，然后放进袋子里，像灯笼一样提回家。

我希望它们的光永远不会灭，永远亮着那一抹荧绿色，但事与愿违，它们的光渐次微弱，在我第二天醒来时已经彻底暗了。

萤火虫死了。

那是我第一次真正感受到生命竟如此脆弱，不堪一击。而后自己再也不抓萤火虫了，只是找个角落看着它们，每晚飞来飞去。

再往后，村庄逐渐被城市吞并，大楼来了，汽车来了，越来越多的人占据了这里，萤火虫变得越来越少。终于，在我十五岁的那年夏天，它们一只也没有出现。

我知道世界变了。童年时的光永远留在了昨天。

在台湾读书时，我专门前往埔里草湳湿地赏萤，像是去重温一遍童年夏夜的记忆。

从桃米村售票处排队上车，小小的面包车在盘山路上行驶，路上无灯，只见窗外月明星稀，山下灯火如豆，明明灭灭。人生如山，起起伏伏。在颠簸中，我顿时有种飘忽不定、前路迷离的感觉。

雨水刚下过，草叶上还滚动着雨珠子，落到皮肤上，凉爽，清冽。导游带我们站在护栏外看着里面的草地，萤火虫像落地的星辰，一闪一闪，尾部发出的绿光微弱而珍贵。

我避开众人，只身往山间更深的地方走去，坐在岩石上，坐在铺着月光、燃起萤火的林中，荒野无灯，亦无人声，只听得清泉涌动、虫儿振翅飞翔的声响，像久违的故乡来到身旁，轻轻唤我。

萤火虫多起来了，环绕着我，在头顶，在脚边，它们像 LED

灯被人按着开关，忽明忽暗。因为这些发光的虫儿在飞，黑暗于我而言，顿时亲近了。独自一人暗夜行路，也不再因路途陌生而感到害怕。

返程途中，车窗外是静谧的夜景。夜包围了我们，赏萤虽已过去，但那微弱的光亮却持续在脑海闪烁，仿佛年轻时谁都没有抛弃的信念，反复提醒当下的自己，继续发光，继续生活。

想起迟子建在《萤火一万年》末尾说的话："最后，我还是朝着有人语和灯火的地方返回了。那种亘古长存的萤火在一瞬间照亮了我的青春。"

生命最初的光亮，或许并没有消失，只是我们被迫远离，就甚少见到了，但它们永存内心的瓶中，时时闪烁。

看过宫崎骏的《再见，萤火虫》，长大后很少流泪的我却为此哭过。

印象很深的一幕是在漆黑废弃的山洞里，清太为了让妹妹开心，将捉来的萤火虫放进蚊帐，萤火虫飞舞着，在夏天闷热的夜里忽明忽暗，如即刻将熄的小小炷焰。清太抱住熟睡中的节子，紧紧的，不舍松开，生怕一松手就会失去她。

我很欣赏导演高畑勋展现的人文关怀，他对战争的思考深深地融在片子里。战争让亲情疏远，物质的贫乏更使人们彼此冷漠。萤火虫在片中成为脆弱希望的隐喻。

这些虫儿生命极其微弱、短暂。雨季到来后，它们就像花朵一样容易在雨中逝去。会有一段漫长的时光，我们很难再见到这种珍贵的光源。我想我会想念它，从过往的时光到未来的夏天，像想念生命里一个个发光的站点与自己。

它们身上亮着的不仅仅是希望，是生命，也是怀念。当我们有天厌倦了都市的车水马龙、漂泊的生活，它们就是一盏盏提醒我们返乡，并沿途照亮我们的灯盏。

时间从来不喧嚣

我们终日奔波于起点、终点之间，从幼年走向老年，褪去昼的白光与夜的黑暗，我们能在细胞死亡的路上看见什么？

不谙世事的孩子常常在洞察世界，想用自己独特的目光和思维得到一些结论。结果，这些结论大都与世俗定义的客观标准相违背，所以不谙世事的孩子常是孤独的，如同角落里暗自生长的苔藓，带着绿色的哀愁攀缘成长的阶梯，也像小小的被人冷落的神。

我也是其中一个，踩着时间的台阶，一步步走向未知的人生。有时在中途迷路了，面对前方无所适从，便像极了乞丐，时时刻刻都在乞求着有人会来回答我，路在哪里，怎么走。但往往只是风路过了我。

然后，一个答案也没留下。

有人说我很特别，有人说我很无聊，有人说我具有哲学家的大脑，有人说我是得了少年作家矫情症，为赋新词强说愁，病得不轻。其实不是这样的，我一直都在凭借内心的声音活在这个美好或邪恶的世界上。但对世事敏感，确实是我的弱点，它犹如一滴辣椒水洒到我身上，会让我起一身的小红疙瘩。这一度使我不快乐。

我也想让自己变得坚硬，拥有金刚不坏之身，或是让神经都长粗一点，触碰生活外壳时能失灵一些，但它们却日益纤细，致使我日渐敏感，恶性循环。

感觉自己注定会掉进一个漆黑的兔子洞，大声呐喊，也无人注意。

上个月独自蹲在街边捞金鱼，手气不佳，周旋半天只捞出一只小小的黑金鱼，就像从生活这本书上随意掉下的一个逗号。它无奈地吐泡泡，瞪圆眼睛瞧了我一眼，就别过脸去，甩了甩尾巴。我提着装满水的大塑料袋看着身边走过的小朋友，他们一个个提的都是装满鱼的袋子，快乐地跳着，真的很像一群小鸟，一路洒落的水花就是他们留下的羽毛，在阳光下发光，银灿灿的，刻下来的笑容一般，却蜇伤了我。

我的房间里有一张方形的小桌子，桌子上摆着一个圆口的小鱼缸，鱼缸对面是一扇窗，窗外有一片南方的天空，经常下雨。我的世界是孤独的，而我的金鱼，在这样的环境里也开始了它生命里孤独的旅程。它不停地吃着我投放的鱼食，我不停地吃着房间里的孤独。

而我却不知道金鱼是世界上一种贪得无厌的动物，它总是不知道满足，无论给它多少食物，它都能下肚，最终胀肚而死，很像人类。

鱼死的那天，橘红色的火球照亮了黄昏，每一寸土地都在喧嚣中燃烧。宽阔的马路上开始挤满车辆，写字楼下人影绰绰，红绿灯交错亮着，有人叫嚷，有人跺脚，有人拿出手机读取微博上最新发生的事情，有人站在角落里表情沉默，路口的夜市摆了出来，路灯按时从高处放出光芒来。属于城市的另外一个部分，在愈发黑暗的时间里鲜活呈现。

没有人知道我的鱼死了，它翻着肚皮漂浮在满是面包屑的水面上，尾巴甩也不甩。狭小的玻璃缸里除了它，就只有一片没有波纹的水，平静得也如同死去了一样。而窗外，火球继续向四周延伸着橘色的光，白色的飞鸟三五成群疾速掠过，拍落的羽毛顺着风的方向飘往远处。看不见它们的时候，天就黑了。

南方的树在黑暗里不分彼此，紧紧缠绕。风中，那些摇摆的枝叶像是这棵树的，又像是那棵树的，孤儿一样挣扎。

我的鱼死于孤独。

我不知道一生会有多长，但唯一能获知的是时间流走一秒就不会重新再来。人生太短，在这个意外频发的世界，人的寿命或许只是鱼的几倍，几十倍。

错过的事情没有时间再来一遍。

有后悔药吗？如果有，兔子就可以跑赢乌龟，乌鸦就不会被狐狸骗走肥肉，灰太狼也就不用在每一集的结尾都跟喜羊羊喊道：“我会回来的。”

那么，一切遗憾的事情都会变得完美，世上就会少掉很多责骂、埋怨、泪水和叹息。

但后悔药终究没有被研发出来，整个世界只有哆啦A梦的口袋才是完美的。

从小就对药物反感，看见爸爸头痛时吃芬必得，妈妈感冒时吃阿司匹林，我就喜欢把那些白色的小盒子、小瓶子藏到他们看不见的地方。因此常常挨了大人们的批评。

大部分人类都很懒惰，生病时，无论病症轻重，都喜欢借助药物来抵抗体内的病菌，而不是激发人体自身的抵抗力，于是医院每天都在添层，药房每天都在扩张，药片、胶囊、制剂占据了世界的很多角落，瓜分了人生不同的阶段。

从出生到现在的二十岁，我很少生病，虽然我妈经常不让我这么说，我也不知道其中原因，只觉得大人们很奇葩，他们有一种多余的忧虑。生小病时大多数也只是窝在家里，我爸总会催我妈带我去医院看看，我妈会在精心打扮一番后再来问我究竟去不去医院，我摇头，她脸上很失望，于是直接过来拉我走。小时候的自己，无法和大人较量，被拖去医院后多是脱裤子打针。长大后，知道了一些方法可以对付某些小病，例如觉得自己有感冒迹象，可以到操场跑上一两圈然后回去冲个热水澡，也可以去吃碗麻辣烫或者酸辣粉出出汗，而我常做的是多喝开水，再服用一些维生素片。我也不知道这些方法是否科学，但是我亲眼看见身边的小伙伴们都是靠这些迅速恢复元气的。

我们的身体是一个神秘的宇宙，你永远也无法获知它的能量有多惊人，有多巨大。但是，如果有一天它习惯了青霉素、头孢菌素、布洛芬、乌拉地尔……之后，你心里的这个宇宙就会愈发脆弱，萎缩，被时间摧毁。

发光的生命受控于微小的外物，逐渐失去生存的自信，人生的不确定性进一步加深。

世界其实一直都在善待我们，往往都是我们自己不懂得珍惜人类与生俱来的某种能力，不断在高速前行的时代列车上和慵懒的生活疲态中渐渐遗失，直至忘记。

小时候从没觉得老屋破。

那时我们一家人还住在观音路 4 号，门前是一片水泥地和菜田。水泥地上堆满了我爸从山上运回来的石料。我经常会趁大人们不注意的时候爬到石堆上看远处的天空。那时村里面都是砖瓦房，一眼就能看到很远的山峰，还有一些鸟群飞翔的身影，天空很干净，像块蓝色的大桌布，望不到边角。我有时不禁跳起来，挥动起双臂，想象自己是鸟，也长着一双冲向蓝天的翅膀，在风里快乐地大喊大叫。结果大人们来了，把我揪了下来，我只得乖乖进屋。

现在我们家已经搬到了池头路，新房子也从二层添至四层，但我时常还想念着观音路那座只有一层的小破房。

当二十岁的我重新站在老屋前时，我的心塌了。在离开它的七年时间里，爸爸妈妈都不来打理，而我也没回来看望过它。门前的水泥地都裂了，上面长出了和旁边的菜地一样多的杂草，而石堆都被人搬走了，天空被周围新建起的高楼惨烈围剿，只剩方形的一个口子。老屋像只井底的青蛙，又矮又小，蹲在角落里。但它比青蛙还可怜，因为它没有生命。

没有人住的房子如同没有心的人，在时间的推移下，迅速衰败倒塌，满目疮痍，千疮百孔。我们何曾关照过这样的死者？

人类常常以伟大、高尚、智慧、多情、感恩来标榜自己，其实在很多事情、很多细节中已经得到证明，人类是自私、冷漠、善忘的，总在喜新厌旧，总在追求更丰盈的物质享受，总在一步一步远离最初的自己、最初的家园。

老屋像个佝偻的老人躺在荒草堆里，更老了。

是否想过，有一天我们若是这样被身边的亲人、朋友以及自己深爱的人忘记，那我们的心里又是怎样的一种滋味？

西蒙・范・布伊在《因为爱》里写道："那时，我突然明白了过来，原来我一直害怕的不是上帝、魔鬼或是死亡，而是，即便我们不再存在，万事万物却依然如常继续。"

生命在走，时间不回头。悄无声息中，我们长大，又日渐衰老。在通往人生尽头的长途上，慢慢变得残忍，冷酷，陌生到不被自己所认识。

世界究竟是在什么时候、什么地点出错了，从而改变了我们？

没有谁可以做出回答，只有看不见的风在吹，看不见的泪在流，看不见的我们一直在走。人间洪荒里，我们都是一群沉默的哑巴。

少年的雨天

雨天，我喜欢自己一个人坐在窗边。

风里，水蓝色的玻璃滑落下细碎的雨滴，像一颗颗水晶被细线串联，发出银白色的亮光。我喜欢看着这些光亮的珠子从高处撒落一地，仿佛是内心的一双眼睛挣脱了沉重的肌体，来到大千世界里观望与感知。那些悲欢故事、爱恨情绪，静静落在枝叶上，似乎是清醒的旅人。风中，它们来到我身边，在指尖停了停，又在我不注意的时候悄悄辞行。

细雨在瓦砾上弹唱，宛如花猫的指爪抓出微小痕迹。那些零碎而潮湿的时间摇摆成深海发亮的带鱼，狭长的身体穿过生命的旷野。雨声里，我们似乎又回到那些天真无邪的过去，被父母老师时时叮嘱的日子，简单而快乐的风一般的岁月。

幼年时，我总是不喜欢在雨天上学，编了各种理由要父母去学校请假。然后再偷偷溜出门和几个死党跑到山上玩耍。因为下雨的缘故，山上行人渐少，很多看守果园的师傅们也都不在。我们可以趁这会儿爬上果树去摘香甜的果实。那时，聒噪的蝉鸣如隐秘的柴火在煮着盛夏，龙眼树上满是小果子，像一串串浅棕色的大珠子坠着。我们看着，手就痒痒，于是很快展开攻势，轻巧地爬上树采摘，手脚笨拙的就拿出书包在树下接，或者弯腰捡，也算是锻炼了身体。我们提着满袋子沉沉的果实，仿佛那是快乐的重量。我们一边吃着龙眼，一边走在回家的路上。每个人都很开心，嘴角的笑也沾着一生中少有的甜味儿。

当然，我们偶尔也有运气不好，被看守的大人发现的时候。他拿着竹鞭在我们屁股后面追，不时骂出几句难听的话来。我们嘻嘻笑着，爬到大老远的山坡上丢给他一个鬼脸。这样常常会误了时辰，回家自然也逃不过父母的竹鞭。细长而苍翠的竹条，在很长的一段时间里，是一道让我们又畏惧又憎恨的影子。

很多时候，还是会想起雨天自己躲在一棵大榕树下避雨的情景。鸟儿在这时并不飞行，只在自己的巢边安静整理着羽毛，叫声清脆如风铃一样在空气中回荡。近处有一些无人居住的房屋，斑驳的墙壁上不知不觉间爬上了一层青苔，翡翠一般亮着。榕树茂密的叶子在头上簇拥着，犹如一把巨大的伞，给我遮挡了许多风雨。母亲在远处大声唤着我的小名，她急急地走来，把我拥入怀里抚摸着，一时间感觉自己像极了一只雏鸟。母亲说：“走的时候怎么不拿伞？”我笑着回答：“忘记啦。”她笑了笑，又轻轻摸着我的头，说：“真拿你这小鬼没办法。”

雨水森森，漫过了路面，道旁的一些小花倒是开得很鲜艳。母亲撑着伞，并把伞的大部分倾到我这头。原来母亲就是一棵长在我身边的榕树。

被雨淋湿的年岁里，仿佛有鱼群日日夜夜坏绕着我。我躺在床上，如坐着船进入汪洋，不断随波漂荡，到大海的中央时悄悄停下。船不动了，四周格外安静。窗外的雨声成了鸥鸟的清啼，掠过耳际，悠远狭长，睡眠像一头大鱼跃出海面，带我潜入深海。我在一种坠落感里渐渐放空自己，忘记了世界。姐姐在隔壁放着磁带唱歌，我听不见。奶奶在听戏曲广播，偶尔跟着哼了几句，我听不见。猫咪跟狗在客厅玩耍，玩得不愉快时相互大叫，我也听不见。我只感到自己越往下坠，内心就越安宁，越明亮。

梦里，时间有了颜色，是由浅渐深的蓝；有了形状，是涟漪，是气泡。那些翻腾起的浪花，银白色的月光，还有珊瑚、小岛和贝壳，都像一枚枚徽章别在我的胸口。我梦到学校放了我们好长好长的假期，许多小伙伴都在树下捉迷藏，玩弹珠。我梦到公园里那架秋千在风里兀自摆动，终于没有谁要和我争抢。我梦到自己养了一只和哆来 A 梦一样的小猫，它送给我的魔方六个面都是纯白色的。

有时也会想起雨天的离别。那些晾不干的日子会在心里散发出想念的气味，穿过清晨忧愁的树叶，从时间的背面抵达我的瞳孔。

大学毕业的那天，天阴欲雨，小楠来我寝室楼下送我。她说：“以后你别再像个小孩了，该长大的时候就长大吧，下午有老师找我，就不去车站送你了。”她很轻松地对我笑笑，我点点头，对她说：“放心吧。大学期间，总受你照顾，感谢。”我刚说完，小楠竟然忍不住哭了。“其实我跟自己说过要撑住的，但还是被你看到了，我这样子是不是很丑？”她边哭边笑，抹了一把眼泪，新的泪珠旋即又滑出眼眶。

也不知道雨是什么时候下的，我们竟然毫无察觉，两个人在楼下站了很久很久。周围人来人往，有人说再见，有人说感谢，有人默默站在角落里一句话也没有说。

风把雨滴吹成长线，逐渐茂盛起来的树叶把清晰的爱覆盖在阴影之上。天晴朗了，纯白的阳光开始在黝黑的枝头上点缀出朵朵繁花。我们湿漉漉的光阴也都要过去了。

直到现在，我依然想念这样滴水的时光，干净，甜蜜，寂静，又带着雨水的明亮和忧伤。它们像极了自己年少时夹在书里的糖纸，或蔚蓝青绿，或橙黄绯红，美得让人难以忘怀。

繁忙世事里，听着雨声，追忆似水年华，我们能从中寻得世间的一缕温暖和生命里最美的一抹芳华，也能看见雨水之下，在人世的空隙里茁壮成长的条条根须和枝丫。

一只叫“赵云”的猫及其他

去猴硐猫村，刚下火车，就有几只猫在我脚跟前转悠，慵懒地伸着身子，走起路来都很优雅，角落里也窝着两三只猫，上下瞄了我一眼，又哈了下嘴巴继续睡觉，也有逢人就叫起来的，像小孩子的哭声，似乎在讨东西吃。

在车站对面汤粉馆里吃矿工米粉的间隙，一波豪雨骤然落下，敲得屋瓦砰砰作响。路上的猫跟人一样，躲在屋檐下，抖抖身子，躺在地上，静静的，像在数从屋檐下滑落的雨滴。

吃完面，撑伞来到了旁边的煤矿博物园区，发觉雨水并没有将猫咪们赶跑，雨一小，它们又成群结队从园区的各个角落跳出来，在房外、墙边、树下活动，摆出各种动作。或许是因为没有主人的缘故，它们不如家养的猫那么体肥有肉，有几只很瘦，像饿了好几天的浪人，打不起精神。

游人过去抚摸，猫咪们都不害怕，还是懒洋洋的样子，若有人手里带着吃的，它们就盯着食物看，凑上来闻一闻，缠着对方，在人前做各种表演：伸腿，洗脸，爬起来又扑通躺到地上，摊开肚皮，讨人欢心。

我蹲下来挠挠一只白猫，它很开心地眯着眼睛。我起身要走，它骨碌打了个滚，躺在我脚边，似有挡住我去路的意思，很淘气，也很机灵。

小时候，我家里也养过猫。那时最早起来的人总是母亲，她趁煮稀饭的间隙给猫咪喂食。父亲是个三国迷，给猫咪取名叫“赵云”，希望这小家伙能好好长，英勇又忠诚。

“赵云”是黄白相间的小猫，被爱猫的母亲喂得圆乎乎的，走起路来像毛线团滚来滚去，深得家里人喜欢，不舍得它瘦一点，便天天将它喂得饱饱的。因为整日将“赵云”关在家中，它也不觉得自己胖。后来等它大了，却开始自己瘦下来，饭吃得不多，总喜欢往人身上和家具上蹭，有时抓坏了一些东西，母亲也舍不得打它，只朝它嚷嚷，它好像听懂了一般，瞬间变得很乖，下一秒又悄悄溜向阳台。

“是不是病了？”母亲问。

“该放它出去了，毕竟这么大了。”父亲说。

所以“赵云”的活动范围扩大到了院子里，偶尔听到大门外有猫叫，也耐不住爬墙跳出去。玩得越来越野了，有时母亲唤它吃饭也不回。父亲见它不听话，说：“再这样下去，这家伙迟早要被别人家的母猫勾了魂去！”他便想阉了“赵云”。

那天我和母亲都不在，等回来时只见“赵云”躺在地上呜呜地哭着，脸上挂着两条泪痕，像要死了一样。

晚上吃饭，母亲责备父亲，嘴里嘟哝一句：“这‘赵云’是你取的名字，现在却成了太监，你也真能狠下心……”父亲脾气并不温和，吃了些酒，开始火爆起来，跟母亲吵了一架。我夹在他们俩中间扒了一口饭，咽了几口菜，假装吃饱，起身回卧室去了。

等父母亲之间的战乱平息，我推开房门想去瞧瞧受伤的赵云，却看到母亲已经蹲在赵云旁边，哭哭啼啼的，像个小姑娘。

猫咪也不叫了，平常会发光的眼睛失去了光芒，有气无力地强撑着又闭上，闭上又睁开，撑了一会儿又旋即闭上，好累好累的样子。

母亲跟我说：“你爸就是这样的人，做事情从来都不跟人商量，把‘赵云’变成这样，刚才我一说他，他就跟我急，他进屋前丢下一句话，说要给‘赵云’改名。”

“那叫什么？”我问。

“司马迁……”我妈又少女心地哭哭啼啼起来。

从“赵云”到“司马迁”，只能说父亲太喜欢历史了。

被唤作“司马迁”后，猫咪不知是赌气还是真的没有适应过来，起初一两周，我们叫它，它都跟没有听见一样兀自做着自己的事，不是躺在院子的石板上，就是在屋檐下伸着爪子作洗脸状。它不往外跑了，也不发情了，但半夜碰到耗子竟也不再像从前那样手到擒来，只在一旁干叫着不动手。它的生活过得越来越没有激情。父亲说它越来越没用。

那年冬天，南方极冷，一些地方都下雪了。“司马迁”得了一场重感冒，一蹶不振，整天流着眼泪和鼻涕，样子丑丑的，越来越憔悴。眼看着它快不行了，一家人都很着急，也像被传染了感冒似的，没有状态，心里想的都是它。带“司马迁”去村里张兽医那里打针的是我和父亲，母亲连看它打针都不敢，只在家里揪着一颗心等待。

张兽医拿着一根大针筒，往“司马迁”身上扎了下去，动作异常熟稔，脸上毫无表情。一针下去，“司马迁”像它“受宫刑”那天一样大声叫起来，这样的叫声在它的生命里不会出现第三次。

回来第二天，“司马迁”死了。

全家人都哭坏了，父亲还专门跑到张兽医那里理论，说猫如果不打针还不会这么快死掉，针筒里的药一定有问题。张兽医气呼呼地说有没有问题你打一针试试就知道，说完啪的一声关上了门。父亲受辱似的涨红了脸，捡起一把石子摔得他们家门窗呼啦直响，还打破了一扇窗玻璃。

此后，母亲再也没养过猫。

有时在公园里散步，碰到猫咪，我都会停下来观察它们。

它们特别喜欢跟小孩子玩。孩子们会蹲下来跟猫咪打招呼，摸它们的头，挠挠它们下巴。猫咪都很听话，眯着眼睛笑了起来。如果孩子们手里有饼干、面包，都会掰开，弄得碎碎的，放在手心递给猫咪。猫咪会先伸出舌头舔一下，觉得合自己胃口，便凑上来小口小口地吃着，不咬孩子的手。孩子和猫咪都很快乐。

这种快乐是建立在双方的天真和对彼此的信任上。

从猴硐车站离开的时候，我又回过头好好看了一下那些或遍地打滚或慵懒走路的猫咪们，突然羡慕起它们的生活：简单，惬意，闲适。当然，这或许仅仅是我自己的感受，猫咪们可不这么想，因为它们没有人类的思维。

它们在山间奔跑，在林间休憩，饿了，就去捕捉鼠类或者等众人前来投食，一代一代繁衍下去，最后在生命的末尾，永眠于山野之中。很奇怪，谁也无法找到它们的骨骸。

世间滋味，我已太早尝过

友人到来那天，重庆刚好起雾，能见度很低，计程车像失去脾气的人在公路上慢慢踱步。我们被大雾围困，见不到这个世界繁杂的一面，内心倒是得到了暂时的休憩。

车子兜兜转转，在观音桥附近的一家清吧门前停下。

雾气蒙蒙，他的睫毛上挂着一层细细的水珠，原本憔悴的面颊愈显苍老。这几年，他苦恼于婚姻生计，诸事不顺，一咬牙，索性关掉现实的闸门，四处旅行倒得了心安，回光返照似地享受着内心空荡荡的时光。

“我之前从没来过重庆，因为你在，才觉得这里亲切。如果你不在，重庆对我来说，也只是我余生漂泊中普通而陌生的一站。”他的声音有些沙哑，细听还有点忧郁，像尘埃落在转动的唱片机上。

“你其实可以改变的。”为了让他看开点，我面带微笑注视着他。

“改变不了的。”他声音很轻地答道。

“为什么？”我困惑地问道。

“因为你不是我。”

他起身，从桌上端起酒杯，喝了一口后，放到我面前，示意我碰杯。

觥筹交错的一刻，他话音一转，双眼直视着我，说：“其实我很羡慕你，人生坦途，顺风顺水，想考研就考上了，想在大学教书也都如愿了，而我的运气永远没你好，想继续读书，英语不行，找了工作，老板不行，谈个恋爱，对方又嫌东嫌西，太累了，还是觉得一个人生活自在些，这一生或许都将在路上。”

我明白他话里的意思，但我又该与他说什么？窗外雾色灰蒙，很快又落下细雨，观音桥挂起华灯，路上行人摩肩接踵，在街道、商场间往来穿梭，潮湿的地面上映着他们的倒影，像有另一个世界与他们平行存在。我从友人手中接过酒杯，一饮而尽。

在雨雾中，说世事，是一场虚空。

各家自有苦酒，酿了三年五载、茕茕半生，谁愿意沽取而出任人推杯换盏？我不行。我不擅长与人比较，也不喜欢倾诉苦难，世间滋味万千，只有自己的舌苔是清楚的。

海明威写过一篇小说，叫《白象似的群山》。被辜负的女子在故事结尾面对男友惺惺作态的一句询问“你觉得好些了？”回答道：“我觉得好极了，我又没有什么毛病。我觉得好极了。”受尽男友折磨的她以闭合的姿态结束了故事，也结束了一场爱的旅途。她的答案里藏着不甘、逃离和绝望后的释然。

而我们，与岁月、生活、现实的关系不也如此？

世间滋味我太早尝过，以致长大后能够较为淡然地拨开俗世云雾，内心深处是空旷原野与清澈溪流，少有浊物，在生活与处理人际关系上呈现出简单纯粹的一面，而非沧桑老成。如果有人将我此时表现出的这一面归于阅历不深，命途畅达，那其实是对我的不了解，对我的误判。

时间催人前行，人在世事悲欢中既沐清风，又饮烈酒，怎能不成长？

我生于乡村，上高中后才告别父母去往城市求学，生命里保存了十六年的乡土记忆，有生死，有贫穷，有太宰治说的“生而为人我很抱歉”的无奈，也有阿赫玛德·夏姆鲁笔下“失去了最后一块玻璃船板的海员，心中已不再相信春天”的绝望。

八十年代末，父亲的几次创业都以失败告终，赔上了家中所有积蓄，他上山当了石匠。母亲为了偿还债务，开始在街头摆摊卖食杂。我出生以后，记忆是从一张饭桌开始的，两三个小碟子，盛着虾米、咸菜、鱼露、酱油，没有一道荤菜，一家人三餐都如此度过。我哥数次都将虾米、咸菜吃尽，我只好倒些鱼露、酱油到饭里，拌着吃，有时吃着吃着，眼泪就掉下来了，于是幼年的我便知生活的味道咸涩不堪。

在我少年时期，身体瘦弱的母亲由于整日起早贪黑工作、思想负担过重，导致神经紊乱。夜间她回来给我们做饭，切菜时昏厥过去，菜刀滑落，咣当一声，我们立马奔向厨房，万幸刀子没有落到母亲身上。母亲醒来后，神志不清，用力咬着嘴唇，鲜血从嘴角淌下。父亲急忙叫来医生，医生开了安抚的药后，建议父亲带母亲去市里看病。那个秋夜异常冰凉，我跑到院子里，对着满天繁星，哭着祈愿，只要母亲没事，自己甘愿少活几年。

我的旧家是座用石板拼接起来的小宅子，只有一层，异常破落。每逢台风过境，屋瓦极易被掀翻，屋内漏雨严重，摆满脸盆水桶，叮咚作响。盛夏时节，也常有蛇虫从附近田地溜到房中，父亲抓过几次，我们一家人看得心惊胆战。等我上中学后，父母决定在祖父留下的那块地皮上盖楼房，搬离旧家。父亲找来叔叔，商量买他那部分的地皮，叔叔让父亲先盖，不用提钱。结果，我们家刚盖一层，叔叔就醉酒提刀来讨债，我永远忘不了他手上那把菜刀是如何一次次逼近父亲的，那架势俨然已不把父亲当作兄弟手足。在物质金钱面前，一个家族的情感纽带就此被砍断。那年我十三岁，再也没喊过他“叔”。

回望过去种种不堪，不是为了获得他人同情、怜悯、热泪和拥抱，而是为了寻找未来，在未来颠沛流离时能固守内心城池，使它不易崩塌。

因为年少已历经遭遭，尝过苦痛，知晓人性，洞悉世情，当我长大，天南海北闯荡时，便也能在狂喜时及时收敛，悲痛时止住哀伤，活得平和，趋于简单。

难以忘记为梦想奔波的日子，几近溃败边缘，如饮烈酒，但幸好又得内心神明照耀，有光到来，打开黑暗，将我解救。

在隆冬的北京，一次次在车程漫长近似无尽的地铁上睡着，错过了站，又一次次独自蹲在长安街边，看大马路上车来车往，周围人潮一波卷过一波，天色渐晚，高楼亮起灯，像星辰挂在铅色漂浮的低空，我对自己冷嘲道："真是一无所有，连梦想都跟着你受累。"

那时住在一间终年受潮的屋内，墙面如渗了水一般阴冷。空间极其狭窄，只能放一张床跟一副桌椅。为了进入自己理想的文化公司，我认真做着他们要求的企划，对食物和睡眠的本能需求降到最低，连高考时都没这么努力过。待了两天，出门，看见雪竟然悄悄在融化，冬天要过去了。

在出版社工作，有一天，我从办公的五楼坐电梯到二十五楼送报表。领导不在，我回去等了半小时又过去。这回他在，正一边喝茶一边看报纸，我请他签字，他没看我，只用手指叩了下桌子一角，示意把文件放在那儿。下班前一小时，我去取材料，领导还在一边喝茶一边看报。我想他应该签完字了，就问他要文件，他没理我，我就想轻轻地取走报表。结果他厉声问我要干吗，我尴尬解释，他不作声。我看到表上签字一栏还是为空，然后他让我不用把材料再给他了。我顿时哑然无语，真想跟这大腹便便的秃头男人理论，但还是忍住了气，把表格重新放到他桌上，并挤出笑容赔了不是，孙子一样退出来，跟条狗似的。那天夜里，我在床上躺了半天也没睡着，后来眼睛矫情地红了。

每天去出版社的途中，必须横穿一条马路。两边相反的车流，呼啦啦疾驰，扬起一路的尘埃。有好几次，我都困在路的中央，像一具被固定造型的玩偶，无所适从地看着车流，感觉自己就像一条渺小的鱼儿，随时都有被煎煮啃咬的危险，而负责考勤的同事又常常打来电话，问我在哪里，催我快点快点。我看着车子前的灯，似乎那就是死神的眼睛，与我对望。我几次都双脚战栗地穿过，拍着胸口，背后一阵发凉。也想过如果自己跑的不是时候，在车流间突然停下一秒，死神是不是就要带走我……

梦想辗转数站，直到此刻，当我站在大学讲台上，才得以落定。

如果再给我一次机会，恐怕我还会这样来一回，在每一间红尘客栈都讨壶酒喝，在深夜兑着眼泪饮下岁月荏苒。

在电影《爱乐之城》结尾处，女主角 Mia 在面试时讲起姑妈的故事。一个女人为了融进塞纳河那绝美的霓虹里，不惜在冬日赤足跃入冰冷的河水中。人们问她，如果再给你一次机会，你是否还会跳下。她坚定地回答，会！

梦想与爱一样，都是世间太过迷人的东西，而我们是一群相信梦想的傻瓜。

清早自己温的粥，深夜独自饮的酒，此生悲欢，唯有内心的神明知晓。

我写下人生路途中的字字句句，关于生活，关于世情，关于梦想，不为怜悯，不为同情，不为展示，不为成为风景，只是为了抵抗遗忘。

岁月渐渐长出刺与光芒，愿你的苦痛、梦想与微笑都不曾遗失。别走太快，生命的土地上需要我们站一会儿，再站一会儿。

许多云飘来，一座座桥在远处，骑马看花，清风是你，烈酒也是你。

只愿在时间中，我们有足够的耐心和毅力，成为单纯的人。

衰老是列即将到站的火车

1

衰老是什么感觉？

有天，当你看见本应光滑细腻的皮肤一点点变成不新鲜的果皮，在空气里逐渐霉掉、干瘪，如同失水的土壤，显露出深邃而龟裂的纹路，你会不会再去测算未来的自己所能获得的一切？

有天，当你发现镜子里的面庞逐渐模糊、陌生，瞳孔已经没有光，眼角像被刀刻一般条纹清晰，你想说些话，喊些什么，但牙齿已经摇摇欲坠，你会流泪吗，还是连流泪的力气都没有了？

骨头逐渐酥脆，在阴雨寒气时节疼痛，针刺一般。身边好多年长的亲人已经离开，变成生活里一种透明的存在。你呢，有了子嗣，他们都已长大，却无暇回来看你，如你年轻时那般无暇回家看望父母。

那些老人被时间推向了一个很深的峡谷，幽暗、禁闭、无人注意。他们遍布全身的褶皱犹如丛生的藤蔓，在低处紧紧缠住峡谷岩石向上攀缘，未到半途，却松了手。

那些缓慢伸长的藤蔓枯萎了，那些不愿被时间左右的信念崩塌了，他们离开了。

关于衰老，二十出头的我似乎并没有资格谈论，因为我正经历着青春，有新鲜的血液、充沛的精力和长远的未来。但是，我的身边有人正老去，有人已消失。我无法被豢养在青春的颂词里而忽略那些阳光下佝偻的身影。他们走过我们正走着的路途，他们有过我们正拥有的年岁，虽是昨天、过去、曾经、从前，但我看着此刻的他们，仿佛正看着未来的自己。

在某个路口独自徘徊，在寒风吹过的街道蹲坐，在高高的城市阳台上眺望黄昏里的鸟群，在教堂的钟声里沉默不语，在光秃的枝干下休憩，在废旧的老屋里看别人家中飘出的烁烁灯火，在家门口看儿孙挥手告别后的背影，这些都一道道被岁月拉得越来越细，最终变成一根针尖扎进心里。

那时的我们，会很疼吧？

2

一次去一家敬老院做义工。

院子建在山上，近旁有泉流淌过，草木繁茂幽深，常见一些老人坐在苍翠古榕下闲敲棋子或是掷桥牌。他们面颊松软，呈焦褐色或者苍白状，喉咙里像被装进了一张生锈的网，所有经过的声音都变得沙哑而含糊。岁月流经他们的身上，确实如旧衣一样皱了。

院长是个中年女人，眼窝四周有黄褐斑，两鬓有略微白发，或许在同龄女性中她并无多少优越感，但在这些老人面前，她算是年轻的了。

“还有一些老人不喜欢在外面，他们只是躲在房间里发呆，睡觉，或者做其他事情，每个房间都有一个按钮，一旦他们有需求就会呼叫我们。因为院里人手不够，所以我先回去看看有没有什么情况，你们不用做太多事，可以的话，陪这些老人说说话就好，或者微笑着多看他们一眼。”她言语不多，带我们熟悉了院中的环境后，自己就向办公室走去了。

幼年时的自己其实对老人并无好感，觉得他们脾气古怪，有我们无法理解的想法，常板着脸，存留着旧式中国家庭的气息。我和我的祖父母就有着这样一条无法逾越的鸿沟，如同彼此都站在无限开阔的河流两岸，在以血缘为纽带的目光里相互对望，各自的心却连接不到一块。我常常走到他们身边，鼻子里萦绕的是一种梅雨天屋子里潮湿的气味，待一会儿后就跑到屋子外玩。他们老了，就像果实一样要坏了似的。

随着自己慢慢成长，知晓一些事理后才对他们逐渐改观，这些老人在新旧时代衔接的过程里没有得到自我身份的认同，他们的心还随着先前的社会动荡流浪，时间对于他们更是残忍，没有一刻停息地碾压他们，最终只剩下越来越孤僻的脾气和越来越坏的骨头。当我意识到这些时，祖父母已经过世。

岁月是一封写满遗憾的信，阳光下堆着忧伤的尘。

孤僻的老人如同幽闭的箱子，带着自己的故事安静地沉浸在黑暗里。在楼道和走廊上清扫的间隙，我跑去看了看那些房门紧闭的屋子，透过一些没有关好的窗户，隐约间能看到这些孤独的老人，他们大部分留给我的都是一个背影，或站在角落里，或坐在藤椅上，或卧在床上，陈旧、肃穆，却又有所企盼，但终究还是灰暗下去，和夜色一道关上了白天的门。

“你以后会把父母放在这里吗？”

“不会，我觉得他们在这里真的太孤独了，像一件被人抛弃的旧衣服。”

在旁边清扫的友伴们窃窃私语，声音很小，但还是如同高处的一粒果子砸进了无数人的心里。

院前的大树被傍晚的风吹得四处招摇，蝉声渐渐小了，隐没于树叶间。那些老人暗自流泪无人可知。

我循着近旁的细水声，看到了山崖边淌下的一股泉流，晶莹的水花，在树梢投射下的黄晕里迸溅出金色来，一束一束。我多想它们能够突然停住，这样，那些老人也会多留在这世间一会儿。

3

人的情感，是否会因为时间的浸泡或者生活中机械地重复而稀释淡化？

好像在不断翻阅一本写满了感动、同情、怜悯的书籍，渐渐地眼睛疲惫了，心也麻木了，连再翻一页过去的力气也没有。世界上很多温暖的片段就这样止住，我们越来越冷酷。

我已经好久不去看那些蹲在路边或者跪在街上乞讨的人了，总觉得他们是在贩卖自己的可怜来博取物质上的享受，一个一个心酸的故事，一次一次重复的欺骗，反复经历这些伎俩之后，每个人都会学着变聪明。

印象深刻的是十五岁那年，路过天桥，一个姐姐模样的女孩叫住了我，她穿米白色的裤子，上身是一件粉色的运动衫，身后背着一个书包，梳着马尾辫，眼睛很大，长得很好看。她说："弟弟，可以给我两块钱吗，我想坐公交去火车站，就差两块钱。"说完对我微笑着，风一般轻轻吹到我脸上。我顿时红了脸，赶紧从兜里掏出两块硬币给她，一丝犹豫也没有，放到她的手上。她嘴角又是一笑，说了声谢谢。

这一切仿佛都是真的。

但当自己向着远处还未多走几步时，耳畔又传来“可以给我两块钱吗，我想坐公交去火车站，就差两块钱”。回过头，依旧是那女孩在说话，只是对象已经从我换成了一个青年男子。

受骗的感觉如同心里住进了一个冬天，人的情感往往便这般被冻住，坚固如铁。

十五岁的我默默离开了那座天桥。

过了好长一段时间，我逐渐习惯了身边的表演，在公园中、地铁里、学校门口、汽车站、街衢中，哑巴、失明、断臂、贫穷、绝症……一样的台词、一样的动作、一样的表情、一样的眼神，重复，不断机械地重复，让我在行走中直接把他们的身影过滤掉。但心却坍陷在去年冬天北京西单地下的过道里，我的眼睛无法将那样一种场景刷成透明。

那是我无法忘记的一对老人，他们坐在过道的中间，蓬头垢面，穿着破旧的灰褐色棉大衣，年老无助，靠着彼此相偎。老大爷双目失明，拉着音色悲怆时断时续的二胡，其老伴靠在他身边，神色凄苦。我从大雪中走到地下过道里，如果按照日常经验，我会觉得他们一定是被某个黑心的乞讨集团所控制，配合着演戏，但当我边走边拍着身上雪花的时候，看见他们，脚步瞬间停住。

我看到老妪从袋子里摸出一块糕点，慢慢剥开包装袋，然后又慢慢放到自己男人嘴边，一只手拿着，一只手托着，那些从大爷咀嚼着的嘴中掉下的糕点碎屑，纷纷落到那只苍老、满布褶皱却努力向上支撑的手中。我的心在那一刻柔软了，迅速跑上前去，从兜里找出五块钱的纸币放到他们面前的罐子里。

我相信对于那个细微的动作，再好的演员也无法掌握。它是虚假城市里少有的真实，能够穿过所有森严的戒备而进入内心。

大雪弥漫的城市因为地下的那对老人而有了暖意，它可以冲破寒冷的岁月、坚硬的水泥地、贫穷的生活而绽放出人间的花朵，那是苍老生命中不悔的依恋，是“执子之手，与子偕老”最好的诠释。

被子嗣与生活抛弃的老人，蜷缩在世界的角落里。面对他们，我们的心是不是可以再柔软点?

雪是冰冷的，但跳动的心终究是热的。

4

衰老的节奏是什么样的？

如同寸草经过春夏的萌发旺盛到秋冬的枯萎死寂，如同花枝由含苞待放到芳华吐露再到百花凋敝，如同雏鸟出壳翱翔天宇到最后消失于地平线某次收起的白光里，黑夜降临。

又似乎是母亲眼角越来越深的皱纹，嘴边越说越多的絮语，是父亲越来越听不清的耳朵，越来越无法沟通的内心，是他们日渐呆傻的神情，愈发木讷的模样。

像一扇脱漆的门，越来越紧闭，我们站在门外，年老的他们站在门内，世界被隔成两个部分。

我们在光里，他们在无边又失落的黑暗里。

夜色中，火车在原野上前行着，我静静躺在下铺，对面一个中年女人在和一对老人攀谈。

老人们都已年过花甲，或许还过了古稀，身体逐渐被时间抽空，剩下越来越薄的身板和极易发出声响的骨架。中年女人和他们彼此对望，说话。

“大哥，你们夫妻俩岁数这么大了怎么还坐火车啊？”

“去看我姐，路也不算远，就盘算着坐火车了，身体不行了啊，所以就叫闺女订了卧铺。”

“女儿没陪着吗？”

“她工作忙，心情也不好，前些天还跟她老公闹别扭，说要离婚。我俩想了想，也就不让她陪着来。”

“现在的年轻人都太不把感情当回事了，父母都老成这样了，也不叫人省心。那大哥，你们俩现在是见了大姐回来了吗？”

“是啊，走的时候，我姐流着泪送我们出的门，前两年倒没见着她哭……”

“唉……”

“唉……”

我知道，对于这些，或许我只是个局外人，我无法清楚揣测到老人说出每一句话时的复杂心境，但末尾那轻微的叹息却盖过了火车与铁轨摩擦出的咣当声，落到我的耳膜里，阵痛。

我想起父亲。

上大学那会儿，我第一次离开南方去北方，父亲不放心自己的小儿子，强烈要求陪我去。我以他年逾大衍行动不便又听不懂北方语音为由拒绝了他，他坐在自己房中生了一夜的闷气，天亮后叫来大我六岁的姐姐，要她替自己送我去北方。我这下同意了。

在临别的车站，作为农民的父亲语拙，没说太多话，只是交代我们要看管好行李。等火车即将要开动的时候，他向我和姐姐所在的车窗跑了过来，却被工作人员拦下。隔着厚厚的玻璃窗，我看到年老的他又在重复那个示意我们要看紧行李的动作。

我点了点头，心里的眼泪却早已流了下来。

危地马拉诗人阿斯图里亚斯说："种子用秘密的钥匙把坟墓打开，我的父母永远活在风、雪和飞鸟的心中。"

5

时间把身体里的水分连同大脑里所铭记的故事一并带走，我们沦为一片无限起伏的焦褐色的地表，挖开一部分，都将看到深深浅浅的沟壑。

很多伤痛会像铅块一样填进我们愈发薄弱的皮囊里，成为闭口不谈的禁忌。

衰老的节奏，如同即将到站的火车，逐渐放慢速度，一点一点近乎停止地移动，直至最后到达终点，再也不动了。

时间终有一天会变成一个巨大的筛子，把我们老去残破的身体一点点筛掉，粉尘般飘落到这个世界可见或不可见的角落里，习惯孤独、沉默和透明，变得与周围的每寸空气一样。而那些放不下的、眷恋的、回头已经看不见的昨天，都已不再重要。

拥有主宰者身份的我们终究会与消逝的万物一样，走向一条通往大地的路。

隐秘之伤

1

理发师剪掉我额前刘海时，我愣了几秒，表情有些吃惊，剪刀与梳子配合着运动的节奏慢了一拍。在这几秒的时间里，据我判断，师傅应该看到了它。在刘海褪去的一刹那，弯曲、扭捏、身长2.4厘米的它，像蜈蚣一样爬了出来，下面是凸起的隆块，坚硬，突兀，像座山丘，在我略显扁平的额头上挺立。

我开始想到疼痛的缘由，是注视，以及在注视之后主体自身引起的联想和记忆，像一根针被线穿过，牵扯出越来越长的丝缕，重新扎进我原本结痂的伤口，以试图缝合的理由再次拓展疼痛的领地。

额头右侧的伤疤，褪去遮蔽物后，像个畸形的孩童对这世界露出残缺面相。它是如何诞生的？体育课上，跟同学练习男人间的摔跤，几次下去，同学都被我狠摔在地。他不服，怒气冲冲，趁我不备，一把将我推倒，推向了这条伤疤的出生地——运动场周围的石阶。肉身的痛感常常是一瞬剧烈的喊叫，来自肌体或器官的受损，都伴随一种鲜艳的色彩提醒——血红。

我用手按住，血液汹涌澎湃，像从一口刚挖出的井里喷出。人潮从四面涌来，用目光捕捉惶恐的我。此时破裂的伤口不再是疼痛的主体，旁人的目光、尖叫、哭声、嘲笑、复杂的神情、慌乱的步履成为这场公共事件的参与者，集体的力量胜过一切。我感到死，真切的死，在靠近我。

这场闹剧最后由我被送到医院，经过照明灯、消毒液、手术刀、针、线这些器械在我额头轮番上场后得到平复。随后我回归往日的生活，人们在事隔两日后也忘了我受伤的事情，如戏散后，纷纷走出剧场，但疤成了永远的观众，留了下来。

当它被塑造成一处偶得的“风景”后，多半是在提醒我，关于死亡、人的脆弱与耻辱。因此在很长一段时间内，我留长刘海并拒绝生活中镜子的出席。但这无法掩盖伤疤存在的事实，它出生了，它本身完整。

我现在摸到它，仍然心有余悸，觉得是摸到了死亡暂时关闭的入口。

2

相比于身体上能看到的疤，有些伤痛却不时击打内心的瓮，敲出个体与外界都无法瞥见的隐秘裂痕。自己能感受到疼，是真真切切的，刺猬一样往身体里钻。

我不喜欢出门，我害怕死亡像一张张脸贴上来，覆盖我的脸，成为我的脸。

在三溪村的龙潭边上，我见过一个被打捞上来的溺水者，非常年轻的身体，像根冻僵的冰棍，顷刻间成为众多目光舔舐的对象。他如冰一般化成水，这使得他的头发更黑，颧骨更高。他对此没有任何反应，因为他死去了，而我却有了他的恐惧，像疹子一样长出来，奇痒无比，促使我离开。

那天的我肉身格外沉重，像中蛊似的浑身不听使唤，身体好像成了别人的。以往的自己，一直拥有轻的状态，可以在大晴天模拟金庸小说中的侠客，从村中一块晒得近乎结实的泽地一头飞踏至另一头，过程顺利而愉快，像相信自己是被神选中的孩童一样。但那天一切都不对劲，先是天阴欲雨，其次是泽地有些松软，风有点疾，吹来，像捋着一匹绸布，我投石问路，石子没有漂到预期的点上。但我没有丝毫犹豫，以往的经验压倒一切，我助跑一小段路后飞蹬起来，上路了。

在脚尖落地的第三步，我的倔强与自信陷入困境，整个人如山倒入泽地。浓稠的泥水，臭气熏天，同巨兽口中的黏液一样粘住我，我欲挣扎摆动，就陷得愈快，愈深。沼泽深不可测，我的脚尖试探不到落脚点，努力地往上游，危险和恐惧逐渐淹没十岁的我。我大声疾呼，谁来救我，远处青山巍峨，近处犬吠不断，一位老者走来，看着我木愣一会儿，腿脚哆嗦着，帮我叫喊。非常枯哑的本地方言，像木屑撒入空气，缓慢地飘往四处。

当泥浆吞没我腋下时，一群人跑来。他们当中有一个人定位到我，紧接着，所有人的目光都旋即如箭镞射来，我想到湖边的溺水者，那张苍白没有表情的脸，它贴到我脸上，我双手被缚，无法撕下。一个与我父亲年龄相仿，臂膀结实有力的男子，穿过泥水把我拖到岸边。我依然悚着，四肢僵硬，人们看着我，像看一只被捕捞上岸臭气熏熏的水獭。有些人为我脱离险境舒了口气，多数人是捂着鼻子凑近看了我一眼，就快速退到后方交头接耳，笑声满天。我太累了，已无任何力气摆动身体，瘫倒在地，睡了过去。父母火急火燎赶来，谢过救我的男子后，父亲一把将我抱起，往家里奔。一路上人群都瞅着粘着泥水灰扑扑的我，问东问西，父亲板着脸没说一句话，剩下母亲在身后尴尬应对，面红耳赤，仿佛她也掉进了那块沉淀着无数垃圾、常年被下水道滋养的沼泽地。

故乡三溪，有近三万人口，这就注定这座村庄永远不缺少看热闹的人。即便日常他们都忙着做生意，忙着卖地皮，忙着盖高楼，忙着赌，忙着嫖，忙着走，忙着忘，也不妨碍他们挤出时间如蜂出巢，聚集在一起，围观、讨论、指指点点，享受内心燃烧的时时刻刻，仿佛他们生来的意义仅是在这些事件上获得快乐。

当我走出屋子，走到街上，认识我的人，不管老少妇孺皆问我情况，怎么就陷到那里去了，有没有受伤，那沟儿深不深？也有人说，那泥水味道怎么样，下次还会去跳吗？出于好奇、同情、怜悯或是幸灾乐祸的初衷，都让他们成为我眼中带刺的动物。我只要走过一次歧路，他们都会将这条路铺到他们心里，即使没有时间、地点、人物跟相关情节，也不要紧，那条路只要一被提起，“我”都会自动与它相连，如同罪证，脱不了干系。他们让我觉得与这世界见面是种羞耻，我在地上走着，比在身陷水下还闷。此后三天，我把自己困在家里，比起体育课上的流血，掉入泥泽中的我在身体上保持了完整性，但心地已被人踩上脚印，我时常会在窗前的阳光下瞥见他们的影子——一种属于群体的胜利。

好友小瑶决定去深圳打工，启程那天，我看到她站在破败的家门口，一个女生扛着大包小包，身边没有一个亲人。我急忙跑上去替她分担。我送她到福州火车站，她说自己口渴，也没吃早饭。我解下行李，转身跑向车站附近的便利店。在人群密集的广场上，她晕倒了，身旁的行李也跟着倒下，倒出内衣、毛巾、牙膏、塑料杯，都是廉价、质地无从谈起的随身物品，像一个女人的私处暴露在公共场合。四周人群黑压压围上来，用视线解剖她，似乎能看到她干瘪的内脏。有好心的妇女扶着她，摇晃她，尔后更多的人都过来扶着她，摇晃她，其中竟然有人用力扇了她几巴掌，一个比一个响。我的朋友小瑶像一具布偶任凭他们撕扯摆弄。我不许！我冲过去，迅速甩开那些黄的、白的、胖的、瘦的、不怀好意、顺水摸鱼、冰凉或充满温度的手掌，他们投给我谩骂、责备和冷笑。我不在意，拿出手机呼叫 120。

医生赶来，给出的病因十分简单：贫血。下的药也很简单：糖水。如此廉价，像她的命。瑶是我的初中同学，初三还没毕业，她就要退学离开三溪，原因是和某个男生有不正当关系，被学校曝光。三溪村最多的是嘴巴，茶余饭后，你一言我一语，“才十几岁奶子估计都没发育好，不嫌丢人吗”“这种货色还想以后嫁出去要十几二十万的彩礼钱？倒贴还不一定有人要呢”……她家人一听这些就急忙跑回家关上大门。她父亲抽出竹鞭子打她，打累了，歇一会儿继续打，像在抽陀螺。她母亲没厉害本事，老实巴交，只有哭，哭着哭着眼泪里只剩水分，盐都逃走了。瑶生性单纯，恋爱的原因其实是不懂拒绝，被青春期荷尔蒙骚动的男生一追求就没了分寸，飞蛾扑火。那个男生受到学校批评后就跟她断了联系，她的少女梦碎裂，想用玻璃片划出体内的悔恨和绝望，被她父亲发现，用几个巴掌掴醒她。瑶开始面对现实。

我去看她的时候，她已经答应家人要到外地打工生活。她呆呆地站在墙角，像脱水的面粉团子皱皱巴巴的，但仍可被捏出弯曲的形状来。她父亲走过来，跟我说，别跟这个不知羞耻的人来往，小心害了你。我注意到他说这句话时的语气，冷若冰霜，跟成天在街上闲荡指人长短的村里人别无二致，仿佛瑶不是他的女儿，他要主动丢失作为父亲的角色。瑶没有任何反应，呆呆的，傻傻的，像只即将被送出去的宠物，站在那天的晚霞里。

八年后，我去惠州参加友人婚礼，期间与她相逢。她烫着棕色卷发，化了妆，但技法并不娴熟：眼袋很黑，面色仍旧苍白，嘴唇干裂。她说起她去过的地方：深圳、东莞、广州、潮汕，也有几年是去了杭州、温州，做过服务员、导购员、夜市摊贩、工人，现在在惠州一家电子配件厂上班。之后，她开始对饮食、方言、景区、天气、住房、物价、婚恋等话题展开叙述。这些地方对于未曾去过的人而言，像端上来的小菜一样鲜美，但她唯独不提起故乡：长乐三溪。那场宴请上，故乡是缺席的。

我知道提起故乡，她就没有未来。她是早已不被故乡认领的异乡人，她那里没有返乡的意义。其实，并非三溪这片土地抛弃了她，土地本身没有思想，也无言论的功能。是土地上生活的群体使她逃离，使她无法归乡，自此成为故乡的陌生人。但直觉告诉我，她仍恋乡，否则不会像游魂一样在与福建相邻的省份飘荡。饭后，她急欲付账，笨拙地打开无法辨别是否为正品的手提包，手腕上那条伤痕异常醒目：狭长、丑陋，像条永远摘不下来的手链，提醒她的昨日，被故乡驱逐的历史。她自己却看习惯了，没有感觉。

我们都是有疤的人。我从她的伤疤里照见了自己的伤疤，像打水漂，丢出的石子本该颠簸跋涉一段后，沉没，消失，但它却折回来，击中内心柔软的境地。

与瑶分别后，我取出它们，存放在平整的纸上，尽量使疼痛本身变得单薄，不那么沉重。

3

张爱玲在散文《爱憎表》中提到自己学生时代“最怕死，最恨有天才的女孩太早结婚，最喜欢爱德华八世，最爱吃叉烧饭”。

一日，我在教课间隙，让学生填写成长至今尤为重要的两项内容：最爱与最恨的人或事，并附一段简短解释。多数学生写下的答案都很相似，最爱的人无非亲人；最恨的人或事，答案空白。

唯独她写下的几行，让我看后一阵心悸：

“我最恨我爸，如果不是他，我妈就不会死，他一直想要儿子，我妈生了我以后，他就天天在我妈跟前念叨着再生个看看，我的出生对她来说是无意义的。我妈最后忍受不了这个男人，自杀了。”

出于内容的隐私性，我没有当着全班读出她的爱与恨，我想保护她，全班三十一个同学中，她是我故意漏掉的一个。我想把课堂变成树洞，藏住她或者以后更多学生的秘密。

她似乎察觉到了这些，那堂课我提萧红，她举手，说她已经看了三遍《呼兰河传》，随后她想把故事讲出来，限于教学时间安排，我打住了她。她失落地坐下，像一匹骆驼。然后我聊到米兰昆德拉的《生命不能承受之轻》，她也举手，想发表看法，眼神倔强，又有一丝常人无法瞥见的忧伤。在那堂课的过程里，她都在努力或是竭尽全力突出自我的存在，全然不顾其他同学的目光和议论，甚至反感，我知道她是真的不想做被漏掉的那个。直觉在告诉我，这是一个对生死有特殊经历与理解的大一女生。她有很多故事，有强烈表达的欲望，但缺少观众。她内心深处的声音，像是深海中孤独的鲸发出的，有特殊的频率，期待被发现，被倾听。

于是放学后，我把她留下来。我们在学校的湖畔聊天。灰蒙蒙的天色下，湖看起来纹丝不动，很大，像一片沼泽。她告诉我她这十八年走来的路。讲到痛处，我发现她面色平和，没有一丝哀戚。她说自从母亲死后，这个旖旎的世界已没有什么事情能用悲伤一词去形容。即便面对父亲的冷脸和他偶尔撒泼的坏脾气，她都不能动用脸上一丝表情去回应。

“我妈走了以后，我再也没对他喊过‘爸爸’，这些年多半时候我都在恨他，他叫我往西，我就向东，彼此僵持。但有时候我对他又恨不起来，当我看到他一个人待在卧室里从衣柜中取出我妈以前最爱穿的那条花裙子的时候，我竟然觉得他也很可怜。似乎杀死我妈的凶手并不是他，而是一种我说不上来的力量。老师你知道那是什么吗？”她抬头认真看着我问。

我知道，但我没有急着告诉她。因为她要长大，要学着靠自己去知晓这个世界的一切。我们沿着湖走，逆着人流而行，谁也没瞧见我们的疤。我发现我跟她都对群体保持着高度的警惕。

4

关于“群体”一词，法国社会心理学家古斯塔夫·勒庞有诸多论述。

在《乌合之众》一书中，他说：“残忍与破坏的本能是与生俱来的，它蛰伏在我们每个人身上。个人独处时，要满足这种本能是很危险的，而一旦加入了某个群体，就可以不负任何责任了，也就是说可以肯定自己不会受到惩罚而完全随心所欲。”

“群体”成了一些人的保护伞。在伦理、道德以及特定地域文化观念或偏见下，群体对什么是错什么是对旗帜鲜明，认为自己这边人多势众，对某一方面基本认知与其相悖的异类个体，用言行施以“暴力”，进行蛮横地审判或驱逐。而这些，多半都在他们无意识状态中完成。我的学生不知道杀死她母亲的，正是那些在特殊地域文化上产生的群体偏见，她的父亲不过是被这些言论“胁迫”的施行者，也很无奈、可怜。

在很长一段时间里，我都陷于群体力量带来的恐惧中。曾经在电视上、课本里、老师口中对“群体”“集体”这类词进行认知，我获得的释义是光明、崇高、伟大。而现在，当我重新审视它们时，如同看见镜子的另一面，自己需要与它们保持谨慎的距离。群体可以成为个体的保护伞，但它有时也会将个体置于对立面，进行批判、威慑、胁迫、攻击。那些无法与某些群体抗衡的个体，像干柴放置在是非真相缺失、只有流言蜚语操持的祭坛，燃烧得吱吱作响。

我难以忘记那个久远的夏日，我如一只肮脏的水獭被父亲抱回家，沿途看客发出的蚊蝇之声，加剧我身上腐臭的味道，我感到深深的羞耻。我把自己关在房间里，独自与影子相处，没有人再看我，没有人再问我，这让我感到安全。我的身上渐渐裹上一层淡而持续的静默。十几年过去了，我才懂得这是那些群体在过往某个时刻给予的“礼物”，并可让我携带一生。

我不知道群体对个体的伤害究竟什么时候才能休止，人们间接使用的“暴力”又会将我身边的谁推向漩涡。我们的声带在复杂的时代容易受损、萎缩。我们面对镜子，也越来越见不到自己的脸。每个人的器官都在融入群体里，成为其中庸俗的一部分。谁能在群体的边缘发现、同情并理解一个异类个体呢？

肉体的伤疤会愈合，但内心的痛楚却难以消退。我将过往岁月中伤痛的记忆提取一些，放在这里，一是为了减缓内心的痛感，二是为了抵抗。抵抗什么？

对于那些围拢观望的人，我需进行指认跟声讨吗？

不是，我只是为了抵抗遗忘。

岁月极美，你要欢喜等待

二十八岁这一年，是我硕士毕业后工作的第三年，我再也没有被人当作学生。

长期熬夜熬出的眼袋、黑眼圈，不断在讲台上大声讲课而使得嘴角冒出的皱纹，越长越多的胡茬，干枯受损的发丝，天天都在飙升、无法再控制的体重……一天当中，最艰难的时刻是当自己站在镜子面前，发现曾经白皙、嫩滑的面庞如今已粗糙、油腻，怎么洗都洗不干净了。这一切都让“少年”一词在我的生活中渐行渐远，阳光再怎么好也感觉不到了。

结束了学生时代，进入工作后，人就老得特别快。多少次午夜时分，我都想着一觉醒来自己可以重新回到那个如白瓷般美好的年纪：明明是大学的人，走在路上还时常被看成中学生；怎么熬夜都不怕，好好睡两个晚上就恢复回来了，继续仗剑而行，披荆斩棘，身上尽是用不完的力气。

需要承认的一个事实是，曾经被人觉得很年轻的你，会长期沉溺在这样的评价里，以至于当它被现实摧垮，转成谎言时，我们都还毫无知觉。显小这件事确实会让人上瘾，当自己幡然醒悟时，衰老就来得异常凶猛，我们如同慌张的鹿站在原地，等待着命运的网撒下，而迷茫无措。

有次在部门例会上，同事们在探讨处理师生之间关系的议题。已经生育两个孩子、腰身肥大、麒麟臂壮硕、日常谈吐十分圆融的阿蓉，开心地说起自己在学校里走路还经常被不认识的学生喊作“同学”的事情，引得在座的人暗自捧腹不已。阿蓉个矮，不爱化妆，穿着质朴，过去或许时常被人说岁数小，她习惯了这样的夸赞，但现在的她已经与那时的自己差之甚远，可阿蓉似乎仍披着那件记忆中的旧衣裳，而无法真正认识此刻镜子前的自己。因为同事一场，我们没有一个人在那次例会上戳破她仍在继续的少女梦。

当我意识到衰老正在汹涌而来时，我也试图反抗。曾经看不起大学室友去快递点取回的护肤品，现在自己也购买了一堆；努力留着刘海，想遮掉泛着油光的额头，为了显得发量多，还专门去理发店把头发烫得蓬松；尽量不碰显得太成熟的西装、衬衫，出门总爱穿些颜色明艳的上衣和淡蓝色的牛仔裤，脚上配一双白鞋；拍照时尽可能避免呆板的动作，而多采用可爱的表情、手势，后期修图时则一个劲儿地把图片的光线调亮，让人看不到自己焦黄而暗淡的面颊……但最后发现，即使自己这么努力地去抵抗衰老，现实还是狠狠将我挫败，让我溃不成军。

在解放碑，我被一个商场门童取笑了。那天我站在国泰广场门口等人，一个年轻的门童总瞧着我，我在想自己身上是不是有什么脏东西，便站在一个镜子前检查了一下，没发现异常。随后我又回到原先等人的地点，这时门童走过来了，瞧着我的脸，开口一句，竟然是："你岁数应该很大了吧？"我知道他其实是想说我装嫩。当时我尴尬得无言以对，身子僵在了他的目光中。他得到了一种戳破真相后的快乐，脸上露出得意的神情，转身走到一侧。我永远记得那张脸，光滑细腻，没有瑕疵，充满了年轻专属的光芒，非常刺眼，我无法直视。

这两年，身边的年轻人越来越多。刚开始我一直是部门最年轻的 90 后老师，现在，这里比我岁数还小的同事逐渐多了起来，看着他们眼中仍然带光的样子，我心里十分羡慕。刚上讲台教课时，面对十八岁的学生，我并不失落，甚至在某些时刻觉得自己还和他们一样年轻，但两个学期后，这种自信荡然无存，工作一步步掏空了我，让我迅速老去，我不敢再多看一眼那些无忧无虑、意气风发、胶原蛋白满满的面庞。许多时候，我都想在这些年轻的肉身面前隐遁。

衰老这条路，没有人可以绕过。在它面前，凭你如何负隅顽抗，最终你都无计可施。它不可攻克，无人可以逆袭，它是生命必将到来的状态。

想起张爱玲在《倾城之恋》中写下的一句话："你年轻么？不要紧，过两年就老了。"以前不理解，权当一个女人的毒舌之语，戏谑而已。现在理解了，方知人在时间面前的脆弱与无奈。没有人会得到岁月长久的恩宠，江湖夜雨、柴米油盐，他人正经历的，迟早轮到你，一一尝尽。

我也开始不再规避自己的年龄，而是直面它。没有再把时间耗费在关于那些无聊的思绪上，也不对眼前年轻的面容心生羡慕或哀戚。逐渐走到三十岁的关口，自己越来越明白什么才是更重要的。我不想被庸俗日常淹没，我想把时间和内心付诸理想的生活上，逐渐忽略肉身的变化。

回到书桌前，日出研墨，日落收笔。将写作作为生命中富有仪式感的事情，专注对待。那米白的纸上有时落着唐朝的牡丹，有时铺着明朝的月光，有时蓄着乌江的池水，有时响着芭蕉上的雨声。在字里行间策马扬鞭或泛舟缓行，尘世间受尽欺凌的瘦弱身躯，渐次丰盈。小风拂过温碗中的茶汤，空气中似乎荡起了这香味的涟漪，被鼻翼收下。

回到质朴的生活，不在光怪陆离、喧嚣颠簸中盯着镜中的自己。坐在山坡上，看着黄昏中的云霞西去，像晚归的母亲提着一篮子的好心情散着步回家，偶尔一只鸟飞来，站在被暮色浸染的枝头，与我对望，像声问候。在远处山道上，老山羊带着小羊下山，一路咩咩叫，如同放学的孩童迫不及待把今天刚学的童谣唱给大人听。渐渐入夜了，山下人家都亮起了灯火，昏黄或泛红，像豆子播撒在灰暗的幕布上，又仿佛是一个个字，写在一封家书上，字迹朴实、单纯，却闪现微光，有老酒烫后的温暖与守候。

有信仰，有存在感，在这样的日子里老去，似乎也不是一件多么恼人的事情，内心反而多了一份自在、从容与踏实。

总在是枝裕和电影中扮演母亲角色的树木希林，是我很喜欢的一位日本演员。她生前经历了俗世的爱恨情仇，看遍了人间沧桑，活得通透、明白。面对电视镜头，她回应着人们深深恐惧的衰老："不错，这个皱纹，我是挺喜欢的，但大家好像不喜欢。这皱纹是我好不容易长出来的，不显示出来太可惜了。"老太太非常释然，言语间带着自己独特的洒脱与幽默。

我成长于乡野，日头好的时候，常看见村中老妇拿出竹编圆簸箕在自家门前晾晒谷粒。这些手工编织的竹制品什么时候最美？是年轻时，还是此刻？它们年轻时还是漫山遍野的竹子，青青翠翠，人们砍下后，削成篾片、篾丝，编出竹篓、竹篮、竹筐、竹筛、竹簸箕……散发着匠人手心的温度和竹子本身年轻的气味，好看是好看，但不算最美。当它们被人用起的时候，当日光、微风亲吻它们及身上所装满的五谷果蔬的时候，当它们旧得像一个个慈爱的母亲的时候，便怎么看怎么美了。

春种秋收，瓜熟蒂落，一切都在自然而然地发生。一个人年不年轻、长得好不好看，都会过去。忘记一些俗世的目光，也不再被生命的状态捆绑而时常感到难过、担忧。我们最好的一面并不只留在光鲜的皮囊上，更多时候是存在于未来的可能上。

岁月极美，在于它必然的流逝，看过春花、秋月、夏日、冬雪，我们相信生活与时间的赏赐，且让老优雅地到来。

出 品 人：许　永
责任编辑：许宗华
特邀编辑：雷　彬
装帧设计：李双鑫
印制总监：蒋　波
发行总监：田峰峥

投稿信箱：cmsdbj@163.com
发行：北京创美汇品图书有限公司
发行热线：010-59799930

创美工厂
官方微博

创美工厂
微信公众号